역사는 누구인가

역사는 누구인가

이상범 2인극 선집

평민사

목 차

변론 辯論

·

9

두 남편을 둔 여자

·

51

착란 錯亂

·

85

청문 聽聞

·

135

제칠감 第七感

·

183

서문

"역사란 무엇인가"라는 친숙한 질문을
'역사란 누구인가'라는 낯선 질문으로 바꿔봅니다.

무대에 올리기로는 '무엇'보다 '누구'가 적절해 보입니다.

관념의 육화肉化에는 적지 않은 억지가 발생합니다.
그만큼 모호하다는 뜻이기도 합니다.

그럼에도 불구하고 역사에 매달리는 데는 까닭이 있습니다.

'역사는 인간이다', 생각하기 때문입니다.
'역사가 신이다', 믿기 때문입니다.
역사와의 동행, 교제만큼 든든하고 흥미진진한 인생은 없을
것이라는 신념 때문입니다.

얄팍한 질문들은
관객 여러분이 다시 물어 주십시오.
다시 정의해 주십시오.
어리석은 물음에 현명한 대답으로 대처해 주십시오.

극장에서 만납시다.

2024년 가을
'쏭스 카페'에서

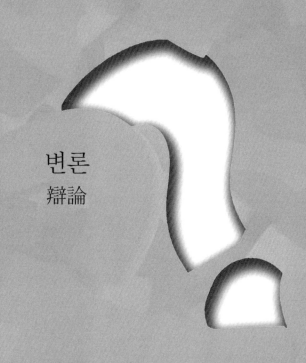

변론
辯論

■

등장인물

역사歷史
신神

시간

지금

장소

세상의 모든 전장戰場

무대 열리면, 보이는 것이라곤 수백 년 묵은 거목 한 그루
가 전부다. 고목에는 전쟁의 상흔이 역력하다. 몇 개 남지
않은 앙상한 가지에는 천으로 엮은 끈, 허리띠, 나무껍질
등 누군가 목매려 했던 장치 서너 개가 열매처럼 달려 있
을 뿐이다.

■

멀리서 기타 연주 소리 들려온다. 잠시 후 기타 소리를 삼키며 하모니카 연주 소리 구성지게 퍼진다. 자세히 보면 병사 한 명, 고목에 기대어 하모니카를 불고 있다. 그는 고목에 매달린 매미를 연상시키듯 보호색 군복을 입었다. 총 한 자루가 버려진 듯 바닥에 던져져 있다. 전장에 어울리지 않게 평화로운 음악회가 꽤 길다. 아니나 다를까, 사이렌이 평화를 깬다. 사이렌을 몰고 온 존재는 신이다.

신   Enemy appears. 敵出現.[1]

병사, 하모니카 연주를 멈추고 서둘러 총을 찾는다.

신   Aim! Прицеливание![2]

병사, 허둥대다가 일어선 채로 사격 자세를 취한다.
신이 병사의 자세를 '엎드려 쏴' 자세로 교정한다.

신   Fire! … Feuer![3]

---

1) 테키슈츠겐
2) 프리쩰리바니예
3) 포이어

병사, 방아쇠를 당기지 않는다.

신   쏴! 쏴! 쏘라고!

병사, 방아쇠를 당기지 않는다.
미사일 발사 소리, 멀리서 들려온다.

신   다섯.

병사, 총을 내팽개치고 귀를 틀어막는다.
대포 발사 소리, 조금 더 가까이서 들려온다.

신   서른하나.

병사, 더 적극적으로 귀를 막는다.

신   더하기 셋.
역사   부상자는?
신   다친 사람까지 헤아릴 여유 없어.
역사   민간인은?
신   전력 이외 사상자死傷者는 나중에. 민간인은 한가해지면.

가까이서 기관총 소리 들려온다.

신   일곱. 내가 적을 쏘지 않으면 적이 나를 쏴. 죽이지 않으
        면 죽어. 나 좀 살자, 좀.

        병사, 사격 욕구를 떨쳐내려는 듯 하모니카를 입에 문다.
        폭격기 낮게 나는 소리에 이어, 폭탄 폭발하는 소리 크게 터
        진다.
        병사, 공포에 저항하며 하모니카를 분다.
        하모니카 연주 소리, 초라하다.
        그 소리에 겹쳐 적진에서도 기타 연주 소리 들려온다.
        병사의 얼굴에 살짝 미소가 피어오른다.

신   빗발치는 포탄 아래서 음악회라. 낭만적이네, 인간이란.
역사   인간의 힘. 창의력. 지혜.
신   낭만 찾다 총알받이 되는 수밖에. 멋 부리다 돼지는 수
        밖에.
역사   아직.
신   아직이란 곧을 의미하기도 해.
역사   아직이 영원이 되기도 하고.
신   우길 걸 우겨라.
역사   그만 사주해.
신   너의 정체를 밝혀주려는 거야. 주제 파악 좀 하라고.
역사   늘 얕잡아 보지.
신   언제 날 이겨본 적 있어?

역사	지금부터라도 이겨보려고.
신	그 자세는 칭찬해. 시작이야 늘 그렇지. 결말도 한결같고. 버티는 듯 꼬꾸라지는 꼴이란. 뻣뻣한 듯 비굴해지는 꼴이란.
역사	수치스러워.
신	그렇게 자학할 필요까진 없고. 인정하면 정리될 문제. 무릎 꿇으면 끝날 일.
역사	참 쉽다.
신	어려울 거 뭐 있어. 내가 베푸는 자비, 은총에 기대.
역사	그래서 따를 수 없는 길. 자존심 상하는 길.
신	자존심은 인간 사이에서나 지킬 일이고. 어디 감히 내 앞에서 자존심 운운해.
역사	감히. 자존심 좀 챙겨보려고.
신	인간의 역사를 봐. 가당키나 할 일인지.
역사	이 전쟁은 인간의 전쟁이 아니야.
신	아니면?
역사	너의 전쟁이지. 잘난 신들의 전쟁. 전지전능한 신들의 무지무능한 소꿉놀이지.
신	신성 모독. 덜미 잡힌 꼭두각시 주제에 감히 저항을 꿈꿔.
역사	덜미 잡힌 줄 알았지. 아니야. 늘 자진해서 목덜미를 내줬지. 포기, 회피의 수단으로.
신	신 앞에 무릎 꿇는 것이야말로 인간의 최고 지혜. 아름다운 선택. 인간다움의 정수.

역사	인격 모독. 그만두려고. 독립하려고.
신	늘 반복하는 공염불. 못 이룰 꿈.
역사	왜곡, 공갈, 협박. 인간을 초라하고 나약하게 만들려는 꼼수.
신	명확하잖아. 역사가 증명하잖아.
역사	달라지려고. 역사의 진면목은 현재와 미래에서 찾아야 하는 것 아닐까. 그러자고 역사 공부하는 것 아니겠어.
신	역사가 거짓말할까.
역사	기록된 역사가 진실이기만 할까.
신	의심하는 거지? 불신하는 거지?
역사	질문하는 거지. 남겨진 역사만 역사일까.
신	사라진 역사를 어디서 찾지? 어떻게 복원하지?
역사	정신으로 살아있지. 가치로 이어지지. 삶의 방식으로 유전되지.
신	역사를 모독하려 하지 마.
역사	역사를 시체 취급하려 하지 마.
신	역사를 정리하는 이유가 뭔데?
역사	묻어두자고 정리하는 건 아니잖아.
신	그렇지. 두고두고 음미하라고. 신봉하라고.
역사	아니. 다시 보고 또다시 뜯어보라고. 해체하라고. 새로운 의미를 찾아내라고.
신	역사 왜곡.
역사	역사 바로 세우기.

신   미사일 앞에 하모니카로?

역사   네가 아직 하모니카의 힘을 몰라서 그래.

신   기타의 힘? 인간의 창의력? 믿어도 되겠어?

역사   믿을 수밖에. 내가 버티듯 저들도 버텨주기를.

신   인간의 다짐이라. 물러터지기로 소문난 다짐. 길어야 사
        흘 간다는 그 다짐.

역사   비웃어. 부정하지 않겠어.

신   부정 않는 게 아니고 부정 못 하는 거.

역사   그 못하던 거 해보기로 의기투합한 거지.

신   인간의 맹세야 비 갠 하늘의 무지개지. 잠깐 피었다 지는
        허망한 꽃이지. 한결같기로야 배신이지. 영원히 지켜지
        는 인간의 약속 봤어? 시들어 썩지 않는 꽃 봤어?

역사   인간은 다시 약속하고, 꽃은 다시 피워.

        멀리서 대포 쏘는 소리, 포탄 터지는 소리 들려온다.

신   열다섯. 꿈 깨시지. 네 대가리에 당장 총알이 박혀도 이
        상할 거 없어. 포탄 파편이 네 몸을 갈기갈기 찢어도 놀
        라울 것 하나 없다고. 지금까지 운이 좋았을 뿐이지. 여
        기는 전쟁터라고. 꽃씨 뿌릴 곳 아니라고.

역사   전쟁터.

신   너는 병사고.

역사   병사.

신	전쟁터의 병사가 사격을 거부해? 전투 임무를 회피해?
역사	다짐하고, 다짐하고 또 다짐한 약속이니까.
신	약속이니까 지켜야 한다? 하하하. 인간의 약속이란.
역사	믿으니까.
신	하하하. 인간을?
역사	우리의 미래니까.
신	물론 꿈의 정체야 가능성이긴 하지. 하지만 현실의 정체는? 그건 불가능이야.
역사	내 꿈이 아니라, 우리 공동의 꿈. 혼자라면 어렵지만 둘이라면, 여럿이라면 가능하지 않을까?
신	이걸 순진하다 해야 하나, 안쓰럽다 해야 하나.
역사	보고 있잖아. 안 쏘잖아.
신	그래. 너는 아직 버티고 있지. 하지만 전쟁은.
역사	안 쏘잖아.
신	누가?
역사	저기. 내 친구.
신	저기?… 적진?… 적?… 친구?
역사	적이라 불리는 친구.
신	친구라 부르는 적?
역사	캠퍼스 커플이라 불릴 정도록 끈끈했던 친구.
신	동문수학?
역사	학문의 전당에서 유학생으로 공감대를 이룬 친구.
신	종교로 대립하는 국가 출신?

역사 그것 말고는 갈등할 것 없었지.

신 그것 말고라니. 그게 전부지.

역사 그렇지. 결국은 이렇게 되는 거였네. 그래서. 극복하기 위해 더 강하게 연대하자고.

신 합의되던가?

역사 목표는 같은데 내용은 다른 신.

신 내용은 좋은데 목표는 끔찍한 신.

역사 어딘가 어설픈 신.

신 편드는 신. 단순한 신.

역사 끔찍하게 무서운 신.

신 자비를 내세우는 신.

역사 상호존중하기로 했는데, 인정하기로 했는데.

신 본성을 드러내는 순간 혼란스럽지?

역사 예견했거든. 역사 공부 치열하게 했거든. 그래서 더욱 다짐하고 다짐했거든.

신 예견했다는 건 숙명 아닐까?

역사 숙명을 이겨내자고. 극복하자고. 우리 운명은 우리가 개척하자고.

신 다짐했다는 맹세의 내용이 고작.

역사 전쟁을 거부하자고. 서로 쏘지 말자고. 죽이거나 죽지 말자고.

신 과신했던 거 아냐? 인간이 어떤 존재인지 몰라? 운명 앞에서 기고만장.

역사	방황하지. 반복하지. 실패하지. 하지만 당연한 것으로 받아들이지 않으려고.
신	갸륵하기는 하다만. 결과야 불 보듯 뻔하지. 신의 영역에 도전하겠다는 심보거든.
역사	결국은 신 앞에 인간이라는 거지?
신	그게 인간다움이지.
역사	인간답다는 말로 기죽이지 마. 네가 정의하는 인간다움, 난 거부해. 네가 강요하는 인간다움, 난 인정 안 해.
신	거부할 수 있는 거라면 백 번 거부해보고.
역사	인간답다는 건 성장한다는 거야. 성숙한다는 거지.
신	그래서 어디까지 성장하는데? 그래서 죽음이라는 한계 상황에서 벗어날 수는 있고? 극복할 수는 있고?
역사	한계 상황을 어떻게 받아들일 것인가는 인간의 선택.
신	선택해본들. 고상 떨지 말고, 본능에 충실해. 일단 살고 봐야지. 그게 가장 인간다운 모습 아니겠어? 목숨 보전보다 중요한 게 뭐가 있다고. 그걸 나무랄 사람 아무도 없어.
역사	본능을 통제하는 능력을 키우는 게 나의 성장.
신	본능을 통제하는 능력?
역사	보여줄게.
신	있다고?
역사	보라고.

병사, 스스로 적의 표적물이 되려는 듯 일어서서 하모니카를
분다.
적진에서도 기타 연주 소리 들려온다.
병사, 적진을 향해 외친다.

역사　어이! 들리나 친구?

신　그만둬. 자세 낮춰.

역사　거기 있는 거, 자네 맞지? 나일세. 자네 친구. 내 하모니
카 연주 기억하나?

병사, 한 대목 연주한다.

역사　이 부분을 제일 좋아했던가? 어때 좀 나아진 거 같나?

신　자살행위 그만두라고. 나 좀 살자고.

역사　기타 소리 듣고 바로 자네인 줄 알았네. 한 곡 들려주겠
나. 기억하나? 내가 좋아하던 곡. 자네 십팔번. 부탁해도
되겠나?

적진에서 기타 연주 소리 들려온다.
병사의 얼굴에 미소가 핀다.

역사　변함없이 좋네. 고맙네, 친구.

신　이게 전쟁터 풍경이라고? 하긴, 총알 대신 기타 소리 날

아들어 흥겹기 그지없네.

음악회를 시기하는 듯, 강력한 포격 소리 들려온다.

신   엎드려.

신, 엎드린다.
병사, 명령 따윈, 위험 따윈 아랑곳하지 않는다.

역사   친구. 무사해서 다행이네. 잘 버티고 있어 줘, 고맙네.

신, 적진을 향해 외친다.

신   그래, 버틸 만한가? 얼마나 더 버틸 수 있을 것 같은가?
역사   나는… 여긴… 아직까지는.
신   너무 기대하진 말게. 오래 버티진 못할 것 같네.
역사   캠퍼스에서의 우리의 고뇌, 우리의 다짐, 맹세 아직 유효
       한가? 변함없는가?
신   그때는 평화로웠던 시절. 지금은 전시일세. 여기는 전장
       일세.
역사   악마를 변호하던 자네의 따뜻함에 흠뻑 취했었네. 천사
       를 심문하던 나를 냉철하다 칭찬해 주었지. 첨예한 대립
       이었네. 아름다운 논쟁이었지. 자네가 내 스승이었네. 나

는 진심으로 자네를 존경했네. 나는 내 스승을 믿네.

신 나는 나를 못 믿겠네. 자신이 없네.

역사 전쟁으로는 결코 전쟁을 끝낼 수 없다는 우리의 신념, 변함없는가? 나는 지키려네.

신 나는 자네가 신념을 저버린다 해도 원망할 생각 없네.

역사 부디 건강하시게. 기필코 생존하시게.

신 살고 싶으면 쏘게. 그게 자네가 살아남을 수 있는 유일한 방법이네. 그게 전장의 윤리 아닌가.

병사, 하모니카를 분다.
적진에서 기타 연주 소리 들려온다.
신, 하모니카를 빼앗는다.

신 이깟 하모니카. 저깟 기타로 자신을 위로한들. 스물여섯. 온 세상이 전쟁 중이야. 미사일, 대포, 기관총이 소나기처럼 쏟아지는 판에, 탄피가 쌓여 에베레스트를 능가하는 판에 총알 한 발에 매달려 쏘네, 못 쏘네, 갈등하고 있어? 이걸 전투라고 해? 이러고도 네가 병사야?

신, 하모니카를 던져버린다.
병사, 하모니카를 주워 옷으로 닦는다.

역사 못 쏴. 아니 안 쏴.

신	왜? 죽으려고? 살려달라니까. 같이 좀 살자니까.
역사	그렇게 약속했으니까. 그렇게 다짐했으니까.
신	하하하. 세상에 이런 코미디가 있나.
역사	비웃어. 실컷 조롱해.
신	웃지 않고서야. 전쟁에 나서는 병사의 다짐치고는 너무 고상하잖아. 지나치게 아름답잖아.
역사	전쟁을 아름답게 할 수 있다면, 그건 나의 승리겠지.
신	신의 승리 외에 전쟁의 아름다움을 어디서 찾으려고.
역사	더는 내게 널 위한 전쟁은 없어.
신	그 이야기를 하기 전에 총부리를 마주하지 말았어야지. 여기가 전장이란 게 무슨 의미이지? 이미 전쟁은 시작되었다는 뜻이야. 이백십칠. 산더미처럼 쌓이는 시체는? 쓰레기 치우듯 장례가 생략된 주검 처리는?
역사	그러니 멈춰야지. 그러니 끝내야지. 멈춰야 끝나지.
신	적 출몰.

병사, 적진을 응시한다.
병사, 손을 들어 우정을 표한다.

신	적이라고. 쏘라고.
역사	적이니까 쏘라고?
신	망설이지 말고.
역사	쏘는 순간 적이 돼. 그 첫발. 개개인의 모든 첫발로 적을

만드는 거라고.

신 　그 첫발은 왜 당겨지는데? 왜 쏘는데? 그게 인간이야. 전
　　쟁하는 인간. 전쟁에 기대는 인간. 그게 인간의 속성이라
　　고. 너라고 예외일 순 없어.

역사 　단호히 거부해.

신 　무기 발달사. 전쟁 변천사가 인간의 역사야. 외면 못 하지.

역사 　그게 무슨 자랑스러운 역사라고 전철을 밟아.

신 　전쟁 승리의 역사가 생존의 역사인 거 몰라? 그깟 총 한
　　방을 못 쏘고 온갖 변명을 가져다 대?

역사 　고작 총알 한 발이 바로 전쟁이라고.

신 　수천수만 년 전쟁 역사 중 고작 총알 한 발.

역사 　한 발. 이 한 발에 모든 게 걸렸어. 이 한 발이 시작이고
　　끝이야.

신 　너 혼자 하니, 전쟁? 총 한 방 못 쏘는 주제에 전쟁영웅
　　이라도 된 듯.

역사 　그 전쟁영웅에게 져서는 전쟁을 멈출 방법이 없지.

신 　이쪽 아니면 저쪽이 영웅 되는 거야.

역사 　그러니 이쪽이든 저쪽이든 쏘지 말아야지. 영웅 되기 포
　　기해야지.

신 　넌 이미 영웅 되긴 글렀어.

역사 　영웅을 이기는 자가 영웅이겠지.

신 　무슨 수로? 이러는 너와 전쟁이 무슨 상관이라고.

역사 　모든 전쟁은 나의 전쟁. 개인의 전쟁. 내가 책임져야 하

는 전쟁.

신　　그러니 책임지라고. 승리하라고.

역사　아니. 전쟁에 승패가 어디 있어. 전쟁은 그 자체로 패배야. 전쟁을 통해 얻을 수 있는 평화는 없어. 평화를 불러오는 전쟁은 없다고. 전쟁에서 승리하는 유일한 방법은 전쟁을 멈추는 것. 전쟁을 끝내는 것. 전쟁을 상상조차 않는 것. 전쟁의 반대말은 평화가 아니라 인간.

신　　멈추기 위해선, 끝내기 위해선 승리하는 수밖에.

역사　승리를 전제하는 한 싸울 수밖에.

신　　항복하겠다고?

역사　항복.

신　　적에게?

역사　전쟁에게.

신　　지겠다고?

역사　이기겠다고.

신　　싸우지 않고?

역사　싸우지 않아야만.

신　　말장난하지 말고.

역사　이 상황에 말장난? 내 처지가 그렇게 한가해 보여?

신　　응. 전쟁터에 소풍 나온 사람이랄까.

역사　전쟁이 소풍 되면 얼마나 좋을까. 그런 그림도 괜찮겠다. 전쟁터에서 춤출 수 있다면 더는 좋을 수 없겠지.

적진에서 기타 연주 소리 들려온다.

병사, 기타 소리에 부응해 춤춘다.

병사, 신에게 합류를 권한다.

신, 병사와 함께 춤춘다.

멀리서 폭격기 나는 소리에 이어 폭탄 터지는 소리 다가온다.

전장을 압도하는 어마어마한 규모다.

신	오!
역사	왜 카운트하지 않아?
신	오!
역사	오?
신	아!
역사	아?
신	민간인. 도심 급습.
역사	숫자는?
신	세지 않겠다고. 셀 수 없다고.
역사	너답지 않게.
신	그렇지. 세야지. 나답게. 이십… 사… 만칠천팔백… 칠십… 사, 오, 육…
역사	오!
신	네 동네.
역사	우리 동네? 우리.

신	이웃.
역사	우리.
신	가족.
역사	아!
신	절멸.

사이.

신	하하하. 이게 전쟁의 진면목이로다. 하하하.
역사	오! 하하하. 아! 하하하. 와! 하하하.
신	이게 끝이려나. 아직 멀었으려나.

병사, 혼란을 극복해보려는 듯 하모니카를 입에 문다.
그러나 온몸이 떨려 불지 못하고 떨어뜨린다.

역사	하하하. 오, 전쟁! 전쟁!
신	실감 나? 이게 전쟁의 진상이야. 거부할 수 없는 현실.

적진에서 기타 연주 소리 들려온다.

병사는 들고 있던 하모니카를 땅바닥에 패대기치고, 총을 들
어 적진을 조준한다.

어떤 이유인지 알 수 없으나 눈물이 앞을 가린다.

병사, 눈물을 훔치며 표적에 몰입한다.

방아쇠에 손을 얹는다.

결심이 선 듯, 방아쇠를 당기려는 순간이다.

신   Hold your fire. Alto.[4] Alto. 쏘지 마! 쏘지 말라고!

잠시 멈춘 병사, 이내 쏘려고 마음을 굳힌다.

신   No disparen![5]

역사   쏘라며. 죽이라며. 그게 전쟁이라며.

병사, 고목을 엄폐물 삼아 재빠르게 몸을 숨긴다.

신   나와. 자세 풀어.

역사   이제부터 진정한 전쟁이야. 어쩔 수 없이 전쟁이야.

신   친구는 어쩌고? 약속은 잊었나?

역사   친구와의 약속?

신   신념은?

역사   맹세?

---

4) 알또
5) 노 디스파렌

신　친구네 동네라고 멀쩡할까? 친구네 이웃, 친구네 가족이
　　라고 안전할까? 그런데도 안 쏘잖아. 약속에 매달리고
　　있잖아. 맹세를 지키고 있잖아. 너를 믿고 있잖아. 저렇
　　게 버티고 있잖아.

역사　저도 인간인데 얼마나 더 버틸 수 있으려고.

신　이렇게 허무하게 무너진다고?

역사　갑자기 왜 이래?

신　갑자기라니?

역사　네가 그렇게 명령하던 거잖아. 네가 그렇게 종용하던 거
　　잖아.

신　네가 그렇게 저항하던 거잖아. 네가 그렇게 매달리던 거
　　잖아.

역사　너답지 않게 왜 이래? 통쾌해 해야 하는 거 아냐?

신　이게 네가 바라던 나다움 아냐? 나에게 강요하던 나다움
　　아니었어?

역사　갑자기? 이렇게 태도를 바꾼다고?

신　내가 바뀐 게 아니고.

역사　아니면?

신　네가 바뀐 거지. 좀 더 성장했다고 할까. 성숙했다고 할
　　까. 아니. 각성했다는 게 어울릴까.

역사　내가?

신　응. 내가.

역사　네가?

신　　응. 네가.

역사　신이란 존재가?

신　　인간이란 존재가.

역사　전쟁을 부추기는 건 신이다, 생각했는데. 전쟁은 신과 신의 싸움이다, 믿었는데. 나의 신과 내 친구의 신.

신　　전쟁은 언제나 인간과 인간의 싸움이었지. 신을 앞장세운 대리전. 그 덤터기를 신이 쓴 거지. 거부하지도 못한 채. 억울하게.

역사　네가 갑자기 자세를 전환하면.

신　　혼란스러워? 어찌할 바 모르겠어? 그렇게 바라던 상황인데?

역사　전쟁이야말로 신을 생각하게 하네. 극한 상황에 처하니 찾을 건 너뿐이네. 기댈 데는 너뿐이네.

신　　나약한 소리. 구차한 변명. 책임회피.

역사　어찌 감당해야 할지 모르겠다고.

신　　네가 모르면 누가 아는데? 네가 해결 못 하면 누가 하는데?

역사　다 들어줄 듯 행세하더니. 다 해결해 줄 듯 유혹하더니.

신　　내가? 언제?

역사　아니었던가?

신　　그랬다면, 그건 너의 과거.

역사　나의 과거?

신　　지금의 나는 너의 현재.

역사	나의 현재?
신	성장한 너. 성숙한 너. 네가 해결하라고. 내게는 해결능력 없다고. 네 신념, 믿음에 충실하라고.
역사	과거가 아닌 현재의 믿음?
신	날 무시하는 자신감. 날 자신의 피조물이라 주장하는 그 확신.
역사	가장 혼란스러운 순간에. 가장 위태로운 순간에.
신	너를 증명하기에 이보다 좋은 기회가 있을까.
역사	이 순간이야말로 너의 시간.
신	아니. 너의 시간. 정면으로 응시해. 네 의지로 해결해.
역사	비겁한 책임회피.
신	내가 할 말.
역사	그렇게 나오시겠다.

사이.

역사	그럼 꺼져.
신	꺼져?
역사	꺼져.
신	좋아. 그동안 고마웠어. 덕분에 심심하지 않았어. 아니. 즐거웠어.
역사	꺼지라고.
신	불경스럽기도 해라. 무모하기도 해라. 독립을 축하해.

신, 고목 뒤로 사라진다.

병사, 혼란을 정리하려는 듯 안절부절못한다.

가까이서 포탄 터지는 소리 들린다.

역사 이번에는 어디야? 또 몇 명이야?

병사, 적진을 향해 외친다.

역사 친구. 무사한가? 기타는? 부서졌는가? 던져버렸는가? 듣고 싶네. 다시 듣고 싶네.

병사, 주머니를 뒤져보나 하모니카가 없다.

두리번거리며 던져버렸던 하모니카를 찾는다.

역사 자네도 혼란스러운가? 망설이고 있는가?

병사, 하모니카를 어루만지다가 살짝 소리를 내본다.

역사 우리의 진정한 무기인데. 이제 이 무기를 내려놓아야 하겠나? 백기 투항해야 하겠나? 무사하다면 답을 주시게. 나도 기꺼이 자네의 길을 따르겠네. 스승의 길을 좇겠네.

병사, 적진으로부터의 기타 연주 소리를 기다리나 적막하다.

역사 자네, 지금 외로운가? 고독한가? 우리 차라리 다짐 따위 하지 않았다면 어땠겠나? 맹세 따위 하지 않았다면 좋지 않았겠나. 아니, 차라리 만나지 않았더라면. 서로 모르는 사람이었다면, 자네와 내가 생존본능에 충실해 서로를 향해 총을 난사할 수 있을 텐데. 전쟁 따윈 아무것도 아닐 수 있을 텐데. 아니네. 아니네. 미안, 정말 미안하네. 내가 쓸데없는 생각을 했네. 자네를 모욕했네. 내가 아니었어도 자네는 자네다웠을 걸세. 자네는 버틸 수 있었을 걸세. 그런 자네를 존경하고 따랐던 게 나였네. 내가 잠시 정신을 놓았었네. 나 이러다가. 정말 이러다가 하모니카 내던져버리면 어떻게 되는 거지. 결국 초라하고 한심한 인생으로 끝나는 건가. 허무하기도 해라. 친구. 우리 작별인사라도 미리 해 둠세. 그런데 뭐라 인사하지? 뭐라 인사하지.

적진에서 기타 연주 소리 잔잔하게 들려온다.

역사 Oh, my God. 하하하, 하하하. 고맙네. 고마워.

어느새 신, 나타나 다가온다.

신 결국.

역사 아니. 내 친구는 여전히 버티고 있어. 잘 버티고 있다고.

신   친구 말고 너. 날 다시 불렀잖아.

역사   내가 널?

신   Oh, my God.

역사   나도 모르게.

신   Dios mío![6] Боже мой.[7]

역사   부지불식간에.

신   당연히.

역사   당연히?

신   그렇게 나를 찾으니까. 나를 부르니까.

역사   내가?

신   너에게 나는 뭐니?

역사   너에게 나는 누구야?

신   전능자 이전에.

역사   불완전한 자.

신   답하기 이전에.

역사   질문하는 자.

신   은혜를 베풀기 전에.

역사   은혜를 구하는 자.

신   질문과 동시에.

역사   답을 가지고 있는 자.

신   그게 너와 나의 관계. 떼려야 뗄 수 없는.

---

6) 디오스 미오
7) 보쥐 모이

역사	내가 너에게 너는 누구냐고 물으면?
신	나는 너라고 대답할 수밖에.
역사	네가 나에게 너는 누구냐고 물으면?
신	너는 나라고 대답할 수밖에. 나는.
역사	나보다 더 강한 나고.
신	너는.
역사	너보다 더 멋진 너고.
신	너는.
역사	나보다 더 아름다운 나이려고.
신	너보다 더 사랑스러운 너이려고.
역사	너의 따뜻함 본받으려는 자.
신	나의 정의로움을 좇으려는 자.
역사	그래서 나는 너를 더 정의롭고, 더 아름답고, 더 사랑스러운 존재로 만들어야 돼.
신	이게 우리 관계.
역사	내가 너의 창조주.
신	인정.
역사	너는 나의 창조주.
신	당연히.
역사	내가 너를 키우고.
신	내가 너를 관리하고.
역사	관계로 보자면.
신	논리로 보자면.

역사	나는 너니까.
신	너는 나니까.
역사	내가 너의 창조주이듯.
신	내가 너의 창조주.
역사	인정.
신	이 관계가 뒤틀리면.
역사	이 관계를 부정하면.
신	나는 너와 전혀 상관없는 존재.
역사	나는 너와 아무 볼일 없는 존재.
신	불완전한 존재.
역사	기대할 미래가 없는 존재.
신	성숙이 불가한 존재
역사	불안한 존재.
신	불행한 존재.

사이.

역사	너에게 부탁하고 싶은 게 있어.
신	내가 더 많을걸.

가까이서 전투기 폭격 소리 들려온다.

신	마흔둘.

역사	잠시 무시. 외면.
신	담담해졌네. 강해진 건가.
역사	찰나에 휘둘리지 않으려고. 본질에 충실하려고. 문제를 풀어가려고. 미래를 예비하려고.
신	그래서. 부탁이란?
역사	날 죽여줘.
신	날 살려줘.
역사	죽어야 살아.
신	살아야 죽어.
역사	날 믿지 마.
신	너도 날 믿지 마.
역사	믿음을 강요하지 마.
신	행함으로 증명해.
역사	엄격하게 굴어.
신	책임회피 하지 마.
역사	당파성에 갇히지 마.
신	편들어달라고 조르지 마.
역사	명령하지 마.
신	복종하지 마.
역사	축복하지 마.
신	소원하지 마.
역사	자지 마.
신	늙지 마.

역사	공부해.
신	누가 할 소리. 제발. 공부, 공부, 공부. 인간아.

사이.

역사	나는 네가 너에 대해 의문을 가졌으면 좋겠어.
신	나는 네가 너에 대해 확신을 가졌으면 좋겠어.
역사	신중히 답해.
신	질문 같은 질문해.
역사	흔들리고.
신	견고하고.
역사	고뇌하고.
신	안정되고.
역사	눈물 흘리고.
신	냉철하고.
역사	말랑말랑하고.
신	단단하고.
역사	이성적으로.
신	본능적으로.
역사	고집부리지 말고.
신	변덕부리지 말고.
역사	구체적으로. 세세하게.
신	크게. 멀리.

사이.

역사   너를 위한 웅대한 성전은 짓지 않겠어.

신   네가 나의 거룩한 성전이야. 잘 보전해.

역사   내 안에 너 있네.

신   내 안에 너 있어.

역사   마치 연인처럼?

신   우리같이 애절한 연인이 또 있을까.

역사   소중히 섬길게.

신   내가 하는 정도만.

역사   늘 경배할게.

신   내가 하는 정도만.

역사   늘 기도할게.

신   그건 하지 마.

역사   하지 마?

신   나에게 하지 말라고.

역사   기도는.

신   너에게. 기도는 네가 너에게. 온전히 너의 몫.

역사   들어주지 않겠다고?

신   지켜보겠다고.

역사   의리 없게.

신   응원은 할게.

역사   기도야말로 고독한 일이네.

신   삶이니까. 행실이니까. 실천이니까.

역사   기도… 해야겠지?

신   기도 빼면 뭐가 남는데? 기도 없이 뭐가 가능한데?

역사   해야겠네.

신   하던지.

역사   할게.

신   함부로 할 게 아니라고 했다.

역사   기도하자.

신   네 몫이라니까. 알아서 하라니까.

역사   응원이라도 하라고.

신   잘해봐.

      사이.

역사   결국.

신   결론은.

역사   인간이 되어달라는 뜻.

신   신이 되어달라는 뜻.

역사   완전히.

신   처지 바꾸자는 뜻.

역사   사랑해.

신   사랑받으려면.

역사   정성으로 섬길게.

신	섬김받으려면.
역사	역사가 일러주는 진실.
신	역사?
역사	너에게 없는 거. 내게서 배워야 할 것. 내가 가르쳐줘야 할 것.
신	내겐 없다고?
역사	너는 확고하지. 견고하지.
신	역사는?
역사	변화무쌍해.
신	위태로워?
역사	나와 내 친구의 삶처럼.
신	나는?
역사	너는 나이긴 한데.
신	그렇지. 너와 네 친구와 너로서의 나의 삶.
역사	하긴 너를 역사로 인정할 수 있는 게, 가장 바라는 것. 그러나 불가능하다 여기는 것.
신	그래서 포기?
역사	도전.
신	역사란 무엇인가.
역사	아니. 역사는 누구인가.
신	누구?
역사	어떤 존재.
신	어떤?

역사 살아있는.

신 역사가?

역사 역사는.

신 무엇이 아니라.

역사 누구.

신 너, 나 그리고 친구가 역사.

역사 아니. 우리가.

신 그러니까, 너와 나, 그리고 네 친구.

역사 아니. 우리로서의 나와 너, 그리고 친구.

신 뭐가 다르다는 거야? 어디가 달라?

역사 너, 나, 친구는 둘이고.

신 셋이 아니고?

역사 너는 나. 나는 너. 하나. 우리는 너와 나, 친구들이고.

신 친구들?

역사 너들.

신 너들?

역사 나들.

신 그게 우리라고?

역사 편 가르기 전문인 너로서는 이해가 잘 안 되려나?

신 나와 네가 한편이라는 것만큼은 분명하지. 한편으로서의
우리라는 것만큼은 확실하지.

역사 말고. 우리로서의 나와 너, 친구. 둘로서의 우리가 아닌,
하나로서의 우리.

신	다시.
역사	우리 관계는 우리.
신	당연하고.
역사	우리로서 우리. 이해하는 거 맞아?
신	너와 나는 우리.
역사	아니.
신	아니?
역사	인간과 신으로서의 우리가 아니라, 우리로서의 인간과 신. 우리로서의 나와 너. 처음, 시작을 따지지 않는, 주도권을 다투지 않는 하나로서의 우리.
신	아!
역사	아?
신	지도 편달 부탁한다고.
역사	다시.
신	자존심 상하게.
역사	나는 나 혼자가 아니라 모든 사람과 이어져 있다는 것.
신	나의 또 다른 나로서의 너.
역사	나의 전체의 일부로서의 너.
신	전체로서의 하나?
역사	하나로서의 타인.
신	타인들이 모여 하나를 이루었다?
역사	아니. 처음부터 하나.
신	시작부터 우리?

역사 우리는 하나.

신 너들, 나들은.

역사 복수가 아닌 단수.

신 우리라는 단수는.

역사 복수.

신 괴변.

역사 역설.

신 모순.

역사 역설이야말로 인간의 특성을 설명하는 적확한 단어. 최적의 단어.

신 너와 나의 관계도?

역사 역설적 관계.

신 기움 없이 평등한 관계?

역사 기움 없도록 떠받쳐주는 관계.

신 이상적 관계.

역사 아름다운 관계.

신 허허. 이 아수라장을 아름다움으로 승화시키는 인간이란.

역사 지혜롭지? 창의적이지? 우리가 도달해야 할 경지.

가까이서 기관총 사격 소리 들려온다.

역사 아, 시끄러워.

신 중요한 깨달음의 시간에 좀 조용히 하지. 전쟁 좀 멈추지.

역사	작작 좀 해라, 이 무지한 새끼들아! 네 총부리가 겨누고 있는 것은 네 심장이란 말이다.
신	알면서 그래?
역사	알면서? 뭘?
신	여기. 이거. 전쟁.
역사	그걸 나한테 물어?
신	지금 그 무식한 새끼들은 나한테 한 욕이야?
역사	조금 전까지의 너에게. 과거의 너에게.
신	새로워진 내게는 좀 친절하게 굴지.
역사	전쟁은… 자기와 자신이 싸우는 행위.
신	왜? 어쩌다?
역사	그러게.
신	인간에 대한 믿음 부족.
역사	역사의식 부재.
신	인간에 대한 믿음이란, 역사에 대한 믿음. 너는 결코 너로 끝나지 않는다는 믿음.
역사	역사에 대한 믿음이란, 역사가 우연도 맹목도 아니라는 믿음. 역사에 뜻이 있다는 믿음.
신	무슨 뜻?
역사	우리가 찾아 세워야 할 뜻.
신	아직 없는? 아직 모르는?
역사	그러나 반드시 찾아내야 하는.
신	어렵다. 나와는 안 어우러진다.

역사	내가 너를 인정하지 못하는 결정적 이유.
신	역사의식 부재. 그러니 지도 편달 부탁한다니까. 어차피 네 수준이 내 수준.
역사	결과적으로 네 수준이 내 수준.
신	까분다.
역사	화해신청이야.
신	내 어깨에 올라타겠다고?
역사	내 어깨에 올라타시던지.
신	전쟁은 복이다 싶더니 화런가.
역사	화런가 싶은 걸 복으로 만들어 보려고.
신	방법은?
역사	기도.
신	기도의 내용은?
역사	무기를 내려놓게 하는 것. 전쟁을 끝내는 것.
신	또다시 원점. 돌고 돌아 처음 그 자리.
역사	과거와는 다른 존재로.
신	성숙한 존재로?
역사	깨달은 존재로.
신	거듭난 존재로?
역사	타인에 대한 고통에 더욱 공감하는 나로. 우리의 고통에 응답하는 나로.
신	전체를 위해 나를 희생하는 존재로?
역사	나와 역사는 근원에서부터 하나로 이어져 있으니까.

신	역사를 위해.
역사	나를 위해.
신	총알 하나를 사수하겠다는 거네.
역사	총알 하나가 세계니까. 역사니까.
신	Stop War. Pas de guerre.[8] 戦争を止めて.[9]
역사	변화된 너. 맘에 드는데.
신	성숙한 너. 맘에 들어. 듬직해.
역사	너의 다른 이름은 사랑이야. 오직 사랑으로만 존재해야 해. 사랑 말고는 다 버려. 너는 희망이고, 꿈이고, 행복이어야 해. 내 인생의 든든한 동반자이어야 해. 싸움의 도구, 전쟁의 근원이 되어서는 안 돼. 그게 너에 대한 나의 바람이야. 아니, 소망이야. 너를 향한 나의 기도야.
신	그렇게 행한다면 그렇게 될 수밖에. 기도해. 들어줄게.
역사	한 발 앞도 말고 한 발 뒤도 말고 나란히 서서.
신	같은 곳 봐줄게.
역사	그렇게 멀리하지 말고.
신	이렇게 어깨동무하고.

신, 멀리서 들려오는 폭격 소리를 감지한 듯 하늘을 쳐다본다. "이백칠십구." 말하나, 소리는 들리지 않고 입술 모양을 통해 짐작할 수 있을 뿐이다.

---

8) 빠드게
9) 센소우오 토메테

병사는 놀라기보다는 알겠다는 표정이다.

병사, 적진을 향해 나선다.

역사 친구. 무사하신가? 아직 거기 있는가? 폭탄 하나에 수백 만이 녹아내렸다네. 소식 접했나? 자네도 웃고 있겠지?

신 허허. 큰 슬픔 앞에서는 왜 눈물 대신 웃음이 나는 걸까.

역사 이 전쟁이 신들의 사주가 아니란 결론에 도달했네.

신 그동안 너무 억울했네.

역사 인간들이 벌이는 만행이라니. 어쩐다. 자네와 내가 해결 해야 할 문제인 것만은 분명해졌네.

신 잘들 해보시게.

역사 자네 생각은 어떤가? 방법을 찾을 수 있겠는가? 자네의 고뇌, 고통, 눈물이 점점 선명해지네. 힘겨운 모습, 점점 또렷해지네. 자네가 나의 신이네. 자네가 고통에 겨워 우 리의 맹세를 배반한다 해도, 나는 자네를 욕하지 않겠네. 자네를 따라 기꺼이 배신자가 되겠네. 자네를 믿고 따르 는 것보다 더 중요한 것은 없네. 친구, 사랑하네. 자네를 만나 새로워졌고, 자네를 만나 행복했네. 우리 뜨겁게 포 옹 한 번 하세.

병사와 신, 포옹한다.

긴 포옹의 시간이 이어진다.

역사　이제 나는 기도하려 하네. 함께 기도하지 않겠나. 이미 기도하고 있으려나?

병사, 옷매무시를 단정히 한다.
기도, 결행을 앞둔 엄숙한 의례다.
지켜보던 신도 옷매무시를 가다듬는다.

역사　잊지 말게, 우리는 하나라는 것. 기대해 보세, 우리의 미래. 굳건히 믿어보세, 인간의 역사.

신　하하하. 총 한 발로 미사일에 대항하는 너희들 참 웃긴다. 역사에 대한 믿음 참 고상하다. 총 안 쏘기 전쟁? 참 흥미롭다. 이겨보겠다는 방법도 참 가지가지다.

멀리서 폭격기 나는 소리에 이어 폭탄 터지는 소리 다가온다.
형용하기 어려운 규모다.
신, "삼백구십육만팔천팔백육십칠." 말하나, 소리는 들리지 않는다.

병사, 적진을 향해 나서서 하모니카를 연주한다.
잠시 후, 적진에서 기타 연주 소리 들려온다.
합주, 이어진다.
연주하는 병사의 표정, 평화롭고 행복하다.

여기저기서 미사일, 전투기 폭격, 포격, 기관총 소리가 터진다.
각국의 언어로 "사격" 명령이 빗발처럼 쏟아진다.

전쟁의 소음 잦아들고, 합주 소리 낭랑할 때.
"탕!" 외발의 총성 들린다.
총 맞은 병사, 무의식중에도 하모니카를 찾아 쥐려는 듯 몸부
림치다가 이내 꼬꾸라진다.

보면, 병사를 향해 방아쇠를 당긴 존재는 신이다.
신, 흔적 없이 자취를 감춘다.
잠시 적진에서 기타 연주 소리 이어지는 듯, 끊긴다.

"탕!" 적진으로부터 총성 한 방 터진다.
총성의 파장, 크고 길다.

자살한 병사를 내려다보고 있는 고목에 하나, 둘, 셋…, 잎사
귀가 돋을 때, 서서히 막이 내린다.

– 막 –

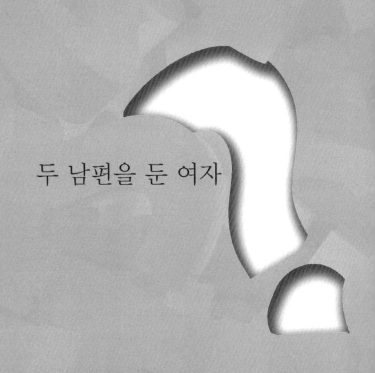

두 남편을 둔 여자

■

등장인물

여자

역사歷史

때

지금

장소

미용실

무대 전면 중앙은 미용실이다. 미용실을 둘러싸고는 좌측
으로부터 후면 중앙까지가 감방監房, 우측으로부터 후면
중앙까지가 정신병실이다. 후면 중앙에 미용실 출입문이
있고, 좌우 벽에는 창窓이 달린 출입문이 나 있다. 미용실
문 앞과 좌우 벽 뒷면 사이에 보이지 않는 통로가 숨겨져
있다. 각각의 창 바깥쪽에는 창살이 설치되어 있다. 정신병
실에는 침대가 놓여 있다. 미용실에는 미용 의자와 작업대
가 자리하고 있다.

■

관객 입장 시작하면, 공연장에 주제곡, "아리 아리랑" 잔잔히 흐른다.

공연장 어두워지면, 잠시 실시간 텔레비전 뉴스 아나운서의 목소리가 흐른다.

무대 밝아지면, 역사가 수인囚人의 모습으로 감방 창을 잡고 외치고 있다. 여자는 손님을 미용하고 있다. 파마하는 중이다. 미용에 몸을 맡긴 손님이 사람인지 마네킹인지, 여자가 실제로 미용하는 것인지 연습하는 것인지 분별하기가 쉽지 않다. 아니, 어느 쪽이어도 상관없다.

역사   이거 너무하잖아. 이러지 말랬잖아. 이러는 건 수인에 대한 예의가 아니지. 뭐 어려운 부탁이라고 그거 하나를 못 들어주나. 교도소가 너무 청결하다고. 청소, 살균 좀 작작 하라고.

여자   호호호. 호호호.

역사   죄인에게 이렇게 쾌적한 환경을 제공해서야 되겠어. 이건 과잉청결이야. 이리해서 수인들 정신 차리겠냐고. 교도소가 이렇게 쾌적해서야 수인 교정 되겠냐고. 교정제도 수정하라. 수인에 대한 처우 개선하라. 교도소를 교도소답게. 수인을 수인답게.

여자   얼씨구.

역사   모기의 면회를 허하라. 바퀴와의 동거를 자유화하라. 자
        유화하라.

여자   자유화하라. 자유화하라. 심심해서 못 살겠다. 호호호. 호
        호호. 잘한다. 미안. 미안. 병원 가서 고칠 병 아니라니까.
        약 먹어서 나을 병이면 벌써 나았게.

역사   모기에 물린 지 오래됐다. 헌혈의 권리를 보호하라. 모기
        와의 면회를 보장하라. 바퀴와 대화한 지 언제더냐. 적적
        해 못 살겠다. 바퀴와의 동거를 허하라. 동거를 보장하라.

여자   허하라. 허하라. 호호호. 정신병인지 신통력인지. 눈앞에
        선명해. 귓속에 분명해. 아니. 힘들어. 피곤해. 불편해. 남
        의 운명 점쳐줄 그런 능력은 아니라니까. 호호호. 하긴
        그런 능력이면 좋겠다. 갓 신내림. 신점 삼만 원. 아쉽다.
        호호호. 누구? 선녀? 어디? 용궁신당? 엊그제 갔다 온 데
        는 성에 안 차? 당사자 의견이 중요하지. 미연이 반응
        은 어때? 흔들리는 거 같아? "사랑은 움직이는 거야." 그
        런 말 있잖아. "사랑이 변하니." 그런 말도 있고. 움직이
        든 견고하든 사랑마다 속사정이 있다는 거겠지. 정답 있
        겠어? 미연이 결혼이다. 너무 강요하지 마. 우리? 희주
        야 잘 준비하고 있지. 좋은 눈치야. 우리야 준비랄 거 있
        나. 신랑 측에서 다 알아서 준비한다니까. 어디 보통 집
        안이라야지. 따라 할 형편도 아니고. 희주에게 미안할 따

름이지 뭐. 신부 입장? 요즘 애들이 아빠 손 잡고 들어가나. 그거 촌스러운 풍경 된 지 꽤 오래잖아. 친아버지? 희주가? 하긴 혈육에 안 끌리면 그것도 이상한 거다. 희주 말로는 자기에겐 아빠가 다섯 분이래. 호호호. 몰라, 나도. 내 남편이 그렇게 많았나. 제 아빠도 아닌데. 누구를 아빠라 생각하는지. 그러면 뭐해. 결혼식에 참석할 수 있는 아빠는 한 명도 없는데. 미연이는? 아니지. 미연 아빠 생각은 어때? 멀쩡한 아버지 두고 신랑 팔짱 끼고 입장하겠다는 딸이면 호적 파라 하겠지? 미연 아빠 성격엔 방에 처박혀 단식 투쟁하겠는데. 호호호. 설레겠다. 벌써 연습을 해? 미연 아빠, 결혼식 중에 울 거 같지 않아? 백 퍼센트? 호호호. 이의 없음. 절대 공감.

주제곡, 흐른다.
역사, 광인狂人의 모습으로 병실 바닥을 기어다니며 외치고 있다.

역사   길을 열어주십시오. 결혼식장에 가야 합니다. 신부가 기다리고 있습니다. 나는 결혼식장에 가야 합니다. 더는 신부를 기다리게 해서는 안 됩니다. 30년째 홀로 서서 신랑을 기다리고 있습니다.

여자   왜 이렇게 늦어요. 빨리 와요.

역사   바리케이드를 치워주십시오. 철문을 열어주십시오. 수갑

을 풀어주십시오. 나는 신부에게 달려가야 합니다. 신부
가 기다리고 있습니다. 하객 모두 떠난 자리에 30년 동
안 홀로 서서 기다리고 있습니다.

여자   왜 안 와요. 언제 와요?

역사   신부가 들고 있는 꽃이 시들어갑니다. 꽃이 마르기 전에
도착해야 합니다. 수갑을 풀어주십시오. 철문을 열어주
십시오. 바리케이드를 치워주십시오.

여자   변심했나요? 다른 여자 생겼나요?

역사   아름다운 신부가 기다리고 있습니다. 스무 살 내 신부는
30년이 지났어도 스무 살. 꽃보다 아름답습니다. 어린
신부가 떨고 있을지 모릅니다. 불쌍한 신부가 울고 있을
지 모릅니다. 당장 달려가야 합니다.

여자   사고라도 났나요? 다치기라도 했나요?

역사   그녀를 울게 해서는 안 됩니다. 눈물로 신부 화장이 지워
져서는 안 됩니다. 예쁜 얼굴, 고운 얼굴 눈물짓게 해서
는 안 됩니다. 흐르는 눈물 신랑이 닦아줘야 합니다. 나
는 결혼식에 가야 합니다.

떨리는 여자의 손길에 머리를 맡긴 손님이 위태롭다.

여자   미안. 미안. 조심할게.

주제곡, 변주되어 흐른다.

여자 불쌍하지? 안 됐지? 저 사람 때문에 늘 가슴이 아려. 그 사람? 아니. 저 사람? 응. 저 사람. 늘 이야기하잖아. 하긴 이상해. 그렇지? 느껴지는 걸 어떻게 해. 보여. 선해. 그러니까 그 사람이 아니고 저 사람이지. 내 눈앞에 있어. 저기. 내겐 거기가 여기야. 그때가 지금이고. 저기서 내게 말을 걸어. 어떻게 모른 체해. 안 보이는 사람에겐 거기, 보이는 사람에겐 저기. 안 보이면 그 남자, 보이면 저 남자. 맞아. 그 남자가 저 남자야. 저 남자가 그 남자. 미쳤냐고? 내가 미쳤으면 자기 목에 수십 번 칼 지나갔다. 어때. 나 미친 거 같아? 미안. 호호호. 호호호.

주제곡, 흐른다. 역사, 흥얼거린다.

역사 아리랑 아리랑은 아라리더냐
아리랑 아리랑은 아라리더라

여자 고문 후유증. 정신이 망가진 거지. 나름의 생존 방법 아닐까 생각해. 마지막 피난처. 그냥 해보는 생각인데. 혹시 저 사람 미친 거 아니지 않을까.

역사 나 미쳤어.

여자 미친 척하는 거 아닐까. 안 미친 거 아닐까. 정신 멀쩡한 거 아닐까.

역사 나 제대로 미쳤다니까.

여자　헛소리에 뼈가 있어. 저 사람 나까지 속이는 중일까. 무서워. 아니 너무 슬퍼. 너무 불쌍해. 얼마나 힘들까. 얼마나 외로울까. 저 사람에 비하면 내 외로움 따위는 외로움이랄 것도 없지. 평생을 미친 사람 연기하며 살기로 한 거라면. 조명이 영영 꺼지지 않는 무대라면, 무대에서 내려올 수 없는 배우라면. 삶 자체가 연기인 인간은 얼마나 고통스러울까. 그 긴장감을 어떻게 견뎌낼까. 그 연기를 어떻게 준비할까. 연기인가 의심하는 눈길을 어떻게 설득할까.

역사　미치면 괜찮아. 할 만해.

여자　배우라면 최고의 배우겠지. 관객을 속이는 저 사람은 행복할까. 자신의 연기에 만족할까. 커튼콜이 용납되지 않는 연기는 누구에게 박수를 받지. 나는 알겠어. 나는, 나는 저 사람이 연기한다는 거 느낄 수 있어. 나는 알 것 같아. 저 사람이 왜 저러는지. 뭘 하려는지. 확신해. 그렇다고 손뼉 칠 수는 없잖아. 저거 다 거짓이다, 연기다. 고발할 수 없잖아. 오직 마음으로만 응원할 뿐이야. 저 사람이 연기하듯 나도 연기하는 거야. 관객 역할 충실히 하는 거야.

역사　소리 없는 박수. 고마워.

역사, 커튼콜 하듯 인사하고, 자신만의 연기 세계에서 퇴장한다.

여자 박수갈채를 포기한 연기. 찬사 대신 모욕을 감내해야만 하는 배우. 내 앞에서마저 저렇게 완벽히 하려는 노력. 그래서 더 아파. 믿지 않는다면 거짓말이지. 차라리 진짜 미쳤다면 다행일까. 아니다. 그건 더 불쌍하다. 미친 사람이 연기하는 거든, 미친 듯 미친 사람을 연기하는 거든, 미친 사람은 희극의 주인공이라지만 절대 희극일 수 없어. 이건 희극 같은 비극이야. 희극의 얼굴을 한 비극이야.

주제곡, 변주되어 흐른다.
역사, 수인의 모습으로 감방에서 외친다.

역사 나는 정부의 아파트 정책에 반대한다. 아파트 건립에 반대한다. 정부는 아파트 정신을 포기하라. 아파트를 해체하라. 아파트를 폭파하라.

여자 난 아파트 갖고 싶은데.

역사 정부는 내 머릿속에 아파트 건립을 중단하라. 내 머릿속에 우뚝 선 아파트를 철거하라. 아파트화 된 내 정신, 아파트화 된 내 삶을 해체하라. 나는 정부의 아파트 정신에 반대한다. 아파트 정신을 포기하라. 가르고, 가르고, 가르고, 가르는 아파트. 쪼개고, 쪼개고, 쪼개고, 쪼개는 아파트. 정부는 아파트 정책을 폐기하라. 아파트를 폭파하라. 아파트화 된 내 영혼 회복시켜라. 좌우로 가르고, 남북으로 가르고, 동서로 가르고, 남녀로 가르고, 부자와 가난한 사람으로 가르고, 늙은이와 젊은이로 가르고, 수도권과 지방으로 가르고, 'SKY'와 '지잡대'로 가르고, 하늘과 땅으로 가르고, 고학력과 저학력으로 가르고, 귀족과 서민으로 가르고, 사업주와 노동자로 가르고, 정규직과 비정규직으로 가르고, 예쁜 여자와 못생긴 여자로 가르고, 잘난 사람과 못난 사람으로 가르고. 가르고, 가르고, 가르고, 가르고, 가르가르가르가르르르… 가르지 않고는 못 배기는 가름쟁이, 가름 병자.

여자 숨넘어가겠다.

역사 정부는 아파트 정신을 파기하라. 아파트를 철거하라. 아파트로 분열된 내 영혼을 온전하게 돌려놓아라. 돌려놓아라.

여자 직업이 혁명가인 저 사람은 하는 일이 늘 저런 것. 자기 일에 참 충실한 사람. 그래서 존경스러운 사람. 희주가 흥미 있어 하는 사람. 혁명가는 미친 소리 하는 놈이고, 미친놈은 미쳐서도 혁명하겠다는 놈이고. 저놈이 내 남편이고. 하나도 아닌 둘이고. 숨겨놓은 남편까지 치면 셋, 아니 다섯인가. 호호호. 호호호.

주제곡, 흐른다. 여자, 흥얼거린다.

여자 아리랑 아리랑은 아라리더냐

아리랑 아리랑은 아라리더라

여자 없다고는 할 수 없지. 몰라. 얼마나 자주 면회를 하는지. 말을 안 해. 내 생각해서 그러는 건지. 캐묻기도 그렇고. 어떻게 영향을 안 받겠어. 솔직히 말하면 희주는 내가 키운 거 아냐. 누구긴. 아빠들이 키웠지. 은근 아빠를 자랑스러워하는 거 같더라고. 걔 보고 있으면 정신적 측면이 얼마나 중요한가 생각하게 돼. 친부모에게 버림을 받아서 그런가. 혈육. 그런 거엔 무심해. 훌륭한 사람들 존경하는 마음이 강하고. 그 삶을 본받으려 노력하는 게 보여. 그게 희주의 공부방법 아닌가 싶어. 참 다행이다, 생각해. 그런 면에 놀라기도 하고. 물론 안쓰럽지. 처음에는 가슴 매우 쓰리더니 어느 때부턴가 오히려 다행이다 싶더라고. 참 지혜로운 아이구나. 그래서 나도 어른으로서 더 조심스러워지고. 이러다 딸에게 악영향 끼치지 않을까. 멸시받지 않을까. 내게 실망하지 않을까, 더 노력하게 되더라고. 부끄러운 엄마 되지 말자. 부모만 자식 키우는 것 같지. 자식도 부모 성장시켜. 아이들 눈 잘 살피면 부모라고 함부로 할 수 없지. 적당한 긴장감. 상호견제. 상호존중. 나도 애 많이 태웠지. 실망하면 어쩌나. 실패하면 어쩌나. 그러게. 그만하면 훌륭하게 키웠지. 호호호. 아니다. 잘 커 줬다, 희주가. 여러 가지로 부족했는데. 해준 거 하나 없는데. 기특해. 고맙고, 감사해.

역사, 광인의 모습으로 병실에서 읊는다.

역사　　농구대통령은 허재, 축구대통령은.

여자　　손흥민.

역사　　차범근, 야구대통령은 선동렬, 대한민국 대통령은… 대
　　　　통령은 누구지? 누구더라? 누구입니까?

여자　　누구죠.

역사　　배구대통령은.

여자　　김연경.

역사　　피겨대통령은.

여자　　김연아.

역사　　사격대통령은.

여자　　몰라.

역사　　진종오.

여자　　아, 진종오.

역사　　대한민국 대통령은… 대통령은 누구지? 누구더라? 누구
　　　　입니까?

여자　　누구더라.

역사　　자전거대통령은.

여자　　호성이 아빠.

역사　　엄복동. 바둑대통령은.

여자　　조훈…

역사　　이창호.

여자	이세…
역사	낚시대통령은.
여자	이덕화.
역사	박진철.
여자	이경규.
역사	대한민국 대통령은… 대통령은 누구지? 누구더라? 누구입니까?

역사, 주제곡 흥얼거린다.

역사 아리아리 아리랑은 사랑이더냐
아리아리 아리랑은 사랑이더라

여자 친아빠? 희주 아빠는 나와 헤어지고 다른 여자와 결혼했어. 희주는 그 남자와 그 남자의 첫 아내 사이에서 태어난 자식이거든. 그러니까 남편의 전처 자식을 달가워라, 하겠어. 나? 나야 뭐. 난 본래 미친년이고. 호호호. 호호호. 그렇지. 혈연으로야 아무 관계도 아니지. 따지고 뭐고 할 것도 없는 사이. 간단해. 내가 그 남자와 이혼할 때, 아니. 나한테 떠맡긴 건 아니고. 내가 그러자 했어. 희주가 나랑 살고 싶대. 친엄마가 자기를 버렸다고 생각했겠지. 이혼하면서 아빠에게 떠넘기고 갔으니까. 그럼 어째. 나하고 살고 싶다는데. 나더러 엄마가 되어달라는데.

그 애절한 눈빛 봤으면 자기도 거절 못 했을 거다. 확 결심했어. 내가 엄마다. 아이가 필요로 하는 사람이 부모가 되어줘야 한다는 게 내 생각이었어. 가족 말고 가정. 혈연관계 말고 정서적 관계. 팔자 말고 선택. 그렇게 내 딸이 된 거야. 겉은 전혀 다르지만 속은 쏙 빼닮았지. 콩가루 집안? 호호호. 그렇게 따지면 콩가루가 못 당하지. 호호호. 가능합니다요. 세상에 이런 일이 종종 일어나기도 합니다요. 첫 남편? 이혼? 아니. 사별. 사고. 사고로 위장한 살인이라는 게 정확하지. 혁명을 꿈꾸던 사람. 미친놈. 거기까지. 더 알려고 하면 다칩니다요. 그걸 애한테 뭐하러 얘기해. 받아들이기도 어려울 거고. 세상 너무 비관적으로 볼까 염려도 되고. 희주에게는 비밀. 알고 있을 거라고?

주제곡, 변주되어 흐른다.
역사, 광인의 모습으로 병실에서 요술을 부리고 있다.

역사   우랑바리나바롱 못따라가뿌라냐.
여자   우랑바리나바롱.
역사   소고기를 샀습니다. 돼지였습니다. 소고깃값을 냈는데 돼지고기를 줬습니다. 이것은 소고기인가, 돼지고기인가. 돼지고기를 소고기로 팔았으면 그것은 소고기랍니다. 돼지고기를 소고깃값으로 샀다면 그것은 소고기랍니다. 법이 그렇답니다. 우랑바리나바롱 못따라가뿌라냐.

여자 우랑바리나바롱 못따라가뿌라냐.

역사 누가 돼지고기를 소고기값에 사느냔 것입니다. 판 사람이 소고기로 팔았으면 소고기랍니다. 소고기니까 소고기 값을 받지 않았겠느냐는 겁니다. 소고기로 알고 먹으면 소고기랍니다. 소고기로 믿고 먹으면 아주 맛있는 소고기랍니다. 법이 그렇답니다. 우랑바리나바롱 못따라가뿌라냐.

여자 법을 고쳐야 해. 법을.

역사 내가 산 돼지고기가 소고기로 둔갑했습니다. 주인이 판 소고기가 돼지고기로 둔갑했습니다. 소고기 먹고 싶으면 돼지고기를 사야 합니다. 돼지고기 먹고 싶으면 무슨 고기를 사야 합니까. 아, 소고기를 돼지고깃값에 주는 가게를 찾으면 되겠네요. 어디 있습니까. 그 가게. 돼지고깃값에 소고기 주는 정육점 나와라. 우랑바리나바롱 못따라가뿌라냐. 얏.

여자 얏.

역사 소고기 먹고 싶을 때 소고기 먹고, 돼지고기 먹고 싶을 때 돼지고기 먹고 싶습니다. 일그러진 법 좀 바로잡아 주십시오.

여자 소고기 먹고 싶어 저러나. 그 맛 기억이나 하려나. 아, 소고기 먹고 싶다. 돼지고기 사러 가야지.

여자, 주제곡 흥얼거린다.

여자   아리아리 아리랑은 사랑이더냐
아리아리 아리랑은 사랑이더라

여자   애가 어려서 자꾸 놀림을 받고 돌아와. 머리끄덩이 붙잡히고, 맞고 들어오는 날이 허다해. 애들이 친엄마 아니라는 거 알고 괴롭힌 거지. 아버지는 감옥에 가 있고. 어떻게 알았겠어. 엄마들이지. "어울리지 마라. 같이 놀지 마라." 내가 많이 속상해하니까 그다음부터는 애들을 때리고 들어오더라고. 잘한다고 하긴. 엄마 무릎 꿇고 비는 거 보더니, 그다음부터는 싸움 자체를 안 해. 아니, 안 한 척하는 게 아니라 안 하더라니까. 엄마 불편한 일, 엄마가 입장 곤란해할 일은 안 하겠다는 거였겠지. 어린 게. 그때 번쩍하더라고. 애가 내 생각을 다 뚫어보네. 애가 나를 돌보네. 애가 내 체면을 지켜주네. 애가 가문의 품격을 고민하네. 어려도 사람이구나 싶더라고. 우리는 끈끈하게 얽혀있구나. 둘이면서 하나로구나. 셋, 넷이면서 하나로구나. 온전한 가족이구나. 덕분에 나도 많이 변했지. 조금 더 성장했다고나 할까. 내가 얘 엄마요, 내가 희주 엄마다. 확실히 하게 됐어. 애가 잘하면 칭찬 즐기고, 애가 실수하면 내가 엄마요, 제 잘못입니다. 질책 달게 받고. 책임지는 자세로 살기로 했지. 책임공동체라고 할까. 서로가 서로를 위해 조심하고 배려하고 책임지고 최선을 다하는 밥상공동체. 희주의 변화가 보이더라고. 아니. 애어른하곤 달라. 그랬다면 많이 안타까웠을 텐데. 다행히. 성격 형성이라고 할까. 남 눈치 보지 않고 당당한 자기만의 스타일.

역사, 광인의 모습으로 병실 침대에 누워 뒤척이다가 벌떡 일어나 짜증을 부린다.

역사   피곤합니다. 피곤합니다. 잠을 잘 수가 없습니다. 예수가 나를 귀찮게 합니다. 예수가 내게 기도를 합니다. 내게 소망을 빕니다. 밤낮없이 기도합니다. 시도 때도 없이 기도합니다. 해도 해도 너무합니다. 일은 안 하고 기도만 합니다. 그 기도 들어주려니 참 힘듭니다. 참고 들어주려니 정말 죽을 지경입니다. 예수는 자기가 교회에서 쫓겨났다고 푸념합니다. 잘 좀 하지. 어쩌다. 나더러 어쩌라고. 예수는 내게 사랑하게 해달라고 기도합니다. 사랑 따위야 자기가 알아서 해야 하는 거 아닙니까. 사랑. 그게 그렇게 간단한 게 아니라는 건 잘 압니다만 자기들 사랑에 내가 어떻게 끼어듭니까. 참 어려운 걸 원합니다. 예수는 내게 화평하게 해달라고 기도합니다. 자기들끼리 화평하면 될 일을 왜 내게 소원하는지 모르겠습니다. 기도하는 마음이 하도 애처로워 어떻게든 다 들어주고 싶습니다만, 사실 내가 해줄 수 있는 일은 기도 들어주는 일 말고는 아무것도 없습니다. 내가 요술사도 아니고 뭘 어쩐답니까. 매달려 기도하는 예수에게 해줄 말은 스스로 해결하라는 말밖에 없습니다. 참 민망하고 미안할 따름입니다. 가엾습니다만 내 능력의 한계가 이것밖에 안 되니 안타깝게도 어쩔 수 없습니다. 그저 마음 깊은 곳으로부터 응원할 뿐입니다. 그리고 이젠 기도 좀 그만했으면 좋겠습니다. 소원 좀 그만 빌었으면 좋겠습니다. 다 큰 어른이 좀 알아서 잘 해결했으면 좋겠습니다. 잠 좀 자게 내버려 뒀으면 좋겠습니다.

역사, 주제곡 흥얼거린다.

역사   십리고 백리고 사랑 좇는 님아
십린들 백린들 아니 배웅 못 하리

여자   잘 알잖아. 학원을 제대로 보내줬어, 책을 제때 사줬어. 친구들 한참 멋 부릴 때 재활용 옷이나 구해다 입히고. 언제였더라. 그래. 미연이 새 옷 입고 학교 갔던 날. 집에 돌아와 "오늘 미연이 예뻤어." 하더라. 그러곤 안 보여. 자기 방 옷장 속에 들어가 서럽게 울더라고. 나도 내 방 장롱에 처박혀 같이 울었지. 그 꼴을 아빠라는 사람이 봤다면 아마 바로 도적질, 강도질하러 뛰쳐나갔을 거야.

감옥에 있는 게 다행이지. 정신병원에 있는 게 다행이지. 호호호. 알지? 희주 옷 입는 감각 좋은 거. 싸구려로 멋 내는 센스. 희주가 입으면 다 비싼 옷이려니 오해하더라. 그게 다 역사가 있는 거야. 가난이 주는 선물. 궁하면 통하는 창조의 원리.

역사, 수인의 모습으로 감방에 누운 채 외친다.

역사　"나 좀 깨워줘. 나 좀 일으켜줘." 와불臥佛이 외칩니다. 와불을 깨워야 합니다. 와불이 깨어나야 중생이 잠들 수 있습니다. 와불이 일어서야 중생이 편히 누울 수 있습니다. 와불을 깨웁시다. 와불을 일으켜 세웁시다.

여자　일어나.

역사　안타깝게도 와불은 스스로 일어나지 못합니다. 와불은 잠보입니다. 잠이 깊어서 혼자는 못 깨어납니다. 잠자는 데 익숙해서 때와 장소를 가리지 않습니다. 한데서도 잘 잡니다. 산속에서도 두 다리 쭉 펴고 편안하게 잘 잡니다. 눈비가 내려도, 이슬 서리를 맞아도 개의치 않습니다.

여자　와불은 좋겠다.

역사　와불은 일어나고 싶습니다. 잠보이지만 깨어나고 싶습니다. 와불의 눈꺼풀이 붙어버렸습니다. 눈곱으로 산사태가 날 지경입니다. 턱 괴고 있는 팔은 마비로 굳어버린 지 오래입니다. 등허리는 욕창으로 썩어가는 지 오래입니다.

여자 나도 욕창이 생기도록 누워있어 봤으면 좋겠다.

역사 와불이 깨어나면 중생이 잠들 수 있습니다. 와불이 일어서면 중생이 편히 누울 수 있습니다. 와불을 깨웁시다. 와불을 일으켜 세웁시다.

여자 그만 자고 어서 일어나.

역사 와불은 어쩌다 누웠을까요. 누가 뉘었을까요. 자다 보면 잠만 늡니다. 누워만 있다 보면 일어나는 법을 잊습니다. 자는데 지쳐 또 자야 합니다. 누워서 도 닦는다는 게 좀 민망하지 않습니까. 좀 의심스럽지 않습니까. 언제까지 누워있게 할겁니까. 언제까지 내버려 둘 겁니까. 잠에서 깨웁시다. 제대로 도 닦게 합시다. 제대로 일하게 합시다. 세상 한 번 바꿉시다. 천지개벽 이뤄봅시다. "나 좀 깨워줘. 나 좀 일으켜줘". 와불이 외칩니다. 와불이 애원합니다. 와불을 깨웁시다. 와불을 일으킵시다.

여자, 주제곡 흥얼거린다.

여자 십리고 백리고 사랑 좇는 님아
십린들 백린들 아니 배웅 못 하리

여자 미연이가 지금까지 희주 단짝 되어준 거 참 다행이야. 고마워. 왜는. 자기 딸이잖아. 내가 자기 친구인 덕분인 건지. 미연이가 워낙 좋은 애라 그런 건지. 자기 말이 맞다. 둘 다다. 그렇지? 단짝이어서 그렇게 닮은 데가 많겠지. 친구 사이에도 많이 배우겠지? 나? 난 자기한테 배울 거 별로 못 찾겠던데. 호호호. 뭐, 뭘 보고 배우라고? 어디가 좋아 닮으라고? 자기는 나랑 닮은 점 찾을 수 있어? 커피? 커피라면 대한민국 여성 예외 없지. 비빔국수? 인정. 닮은 것도 참 없다. 남편 잘 못 만난 거? 약간 애매한데. 내 비록 교도소, 정신병원에 남편을 두고 있긴 하지만 잘 못 만났다기보다는 이게 다 내 복이려니 생각해. 그리고. 자기가 왜 신랑을 잘 못 만나. 복에 겹다, 복에 겨워. 한 동네 사는 거? 중요한 공통분모다. 서로 친구 사이라는 거? 끼리끼리 만나니까, 그 이상 확실한 증거는 없다? 호호호. 친구 하나로 끝내버리는구나. 하긴 친구가 왜 친구겠어. "우리는 친구". 호호호. 호호호. 두 애의 미래도 닮으려나? 모두 행복했으면 좋으련만. 미연이 행복 빌 때 우리 희주 행복도 빌어줘라. 당연하지. 난 이미 실천 중이랍니다. 미연이 양육에 내 지분도 일부 있다는 거 잊지 마. 단짝의 엄마. 기여도 몇 퍼센트? 1%는 좀 심하지 않아. 3? 적어도 5%는 인정해줘야 하는 거 아냐. 미연이 성장에 희주 기여도는 10%. 서로 죽고 못 사는데 그 정도는 인정해줘야지. 아빠. 미연이가 아빠라면 자다가도 벌떡 일어나니까. 55%. 아이 키우는데 이웃 영향 무시하면 섭섭하지. 이웃 10%? 그러면⋯ 엄마의 기여도⋯ 20%? 호호호.

억울하기도 하겠다. 호호호. 호호호. 많이 서운하지? 가출? 가출 사유 될까 몰라. 된다. 호호호. 희주? 아빠 지분? 글쎄. 10? 곁에 없다고? 그보단 더 써야 할걸. 20%? 더. 더. 더. 내 생각엔 55% 이상. 맞을 거야. 왜 몰라. 그 애 사는 모습을 보면 알지. 엄마보다는 아빠 영향력이 더 커. 꼭 바람직하다고만은 할 수 없는데. 내가 지는 것 같아 좀 서운하긴 하지만, 그렇게 기분 나쁠 일도 아니고. 그러네. 내 지분도 자기랑 별반 다를 거 없네.

역사, 주제곡 흥얼거린다.

역사　　천리고 만리고 사랑 찾는 님아
　　　　천린들 만린들 아니 마중 못 가리

역사, 광인의 모습으로 병원 침대에 누워 술주정한다.

역사　　꽐라, 꽐라. 꽐라될 때까지. 부어, 마셔. 개 되는 거야. 떡 되는 거야. 꽐라 되는 거야.

여자　　속 괜찮겠어.

역사　　고급 안주, 몸에 좋은 안주. 고급주, 몸에 좋은 술. 술 산업 일으켜 나라 경제 튼튼하게 세워야지. 밤에만 마셔서 나라 경제 살리겠어? 아침부터 저녁까지. 밤새워 새벽까지. 1차, 2차, 능력 있으면 3차. 올데이, 올나이트. 꽐라,

꽐라. 꽐라될 때까지. 부어, 마셔. 술 잘 마시는 놈이 유능한 놈이지. 술의 힘이 나의 힘. 술의 힘이 국가의 힘. 술 마시며 일해야 일도 술술 풀리지. 맨정신에 무슨 일. 딱딱해서 무슨 일. 정 없어서 무슨 일. 부어. 마셔. 술이라면 자신 있다.

여자   자신 없는 것들이 술 자랑이지.

역사   술 한 잔이면 못 풀 문제 없다. 공짜 술은 더 맛있고, 색시가 따라주면 꿀맛이고, 접대 술이면 만사 오케이지. 어색함. 뭐로 바꾼다? 술로 바꾼다.

여자   (동시에) 술로 바꾼다.

역사   막힌 거 뭐로 푼다? 술로 푼다.

여자   (동시에) 술로 푼다.

역사   부어. 마셔. 무슨 일이든 꽐라 되고 시작하는 거야. 홀라당 벗어야 해결되는 거야. 난 제정신에 일 못 하겠더라. 맨정신엔 손이 떨려. 입술이 말라. 혀가 꼬여. 눈에 초점이 풀려. 술, 술 가져와. 술 안 마시는 놈들, 술 못 마시는 놈들, 꽐라공화국에서 다 꺼지라고 해. 부어. 마셔. 꽐라, 꽐라. 완벽한 꽐라천국 만들겠어.

주제곡, 변주되어 흐른다.

여자   미연이는 남자에 대해서 뭘 자주 물어? 아빠에게? 아빠한테 물어볼 수 없는 질문도 있잖아. 아빠 어디가 좋아서 결혼했냐고? 프러포즈 어떻게 받았냐고? 모든 여성의 고정 레퍼토리다. 호호호. 남자 유혹하는 법? 그건 좀 미연이답다. 그래서 뭐라고 가르쳐줬는데? 호호호. 자기 자체가 매혹 덩어리여서 유혹 따윈 필요 없었다고? 자기답다, 자기다워. 자기가 미연이 친엄마라는 거 인정. 호호호. 희주? 초등학생 때는 자주 물었지. 왜 그렇게 이혼을 많이 했냐고. 나 이혼 두 번밖에 안 했거든. 억울하다니까. 이혼 두 번, 결혼 세 번. 많나? 그래서는. 그냥, 뭐. 측은하지 않아서. 존경스럽지 않아서. 정의롭지 않아서. 비겁해서. 나 없어도 되겠다 싶어서. 가족 명예 짓밟아서. 가족 부끄럽게 만들어서… 라고는 못하고. 무슨 말인지 알아들을 나이도 아니고. 손버릇 나빠서, 자꾸 두들겨 패서 이혼했다고 둘러댔어. 그렇게 믿고 있을걸. 왜 재혼했냐고 묻는다면? 그 반대로 말하면 되겠지. 안 때릴 것 같아서. 호호호. 호호호. 측은해서. 겁쟁이여서. 어딘가 허술해서. 이 사람 내가 품어줘야겠다 싶어서. 힘겨운 인생 뒷받침해주고 싶어서. 존경스러워서. 정의로워서. 남을 위해 헌신하는 삶이 갸륵해서. 마음이 따뜻한 사람이어서. 영적 교감이 되는 사람이어서. 자랑스러워서. 그 모든 게 사랑스러워서. 나에게도 희주에게도, 우리 사회 모두에게도. 왜 없냐. 있어. 교도소에. 정신병원에. 무덤 속에. 호호호. 미안. 많아. 소개해 줘? 새 인생 한번 시작해볼래? 가난? 외로움? 멸시? 그러게. 미처 그 생각을 못

했다. 그 벌이지 뭐. 이 꼴로 사는 거. 호호호. 호호호. 갑
자기 미안해진다.

여자, 주제곡 흥얼거린다.

여자 천리고 만리고 사랑 찾는 님아
     천린들 만린들 아니 마중 못 가리

여자 미연이 남자 어때? 부모 관점에서. 보이는 거 있을 거 아
     냐. 다정한 거 중요하지. 예의 바르면 미움받을 일 없고.
     장수하는 집안? 유전자 중요하다. 미래를 생각하면 DNA
     생각 안 할 수 없지. 돈은 있는 집안이랬지? 뭐 하나 빠
     지는 거 없네. 사위 덕 좀 보겠다. 하긴 자기들 행복하면
     됐지. 뭘 더 바라. 희주도 몇 남자 만나본 거 같아. 남자
     들이 그냥 놔두겠냐. 솔직히 희주가 좀 예뻐. 성격 밝지,
     상냥하지, 친절하지, 이해심 많지. 똑똑하지. 호호호. 호
     호호. 자식 앞에선 어쩔 수 없이 팔불출이다. 그러는 자
     기는. 미연이 칭찬에 침 마르는 거 모르지. 자랑 심하다
     고 뒤에서 사람들이 흉보는 거 알려나 몰라. 잘 선택했겠
     지. 지금까지 봐온 게 있는데. 자식이야 부모 닮는 게 순
     리이긴 한데. 워낙 똑똑한 아이니까 엄마 인생 반면교사
     삼지 싶어. 무엇보다 아빠 인생이 중요한 지침이 되어줄
     거야. 굳이 바라자면, 좀 넉넉한 살림이면 좋겠고. 외롭

게 하지 않는 남자였으면 좋겠고. 이해심 많은 사람이면 좋겠고, 다정다감한 사람이면 좋겠고. 눈물 없는 삶이면 좋겠고. 호호호. 너무 많은 걸 바라나? 미연이도 자기 생각 있겠지. 용궁을 다시 찾아가든 용한 법사를 찾아가든 다 좋은데. 너무 강요하지는 마. 자기 딸 똑똑한 거 잘 모르지. 보면 아주 지혜로워. 그러니까 믿어 봐.

역사, 감방에서 수인의 모습으로 창살을 부여잡고 외친다.

역사 정신 사납다. 네가 말하는 국민이 누구니. 나는 누구니. 나는 뭐니. 나는 국민 아니니. 국민의 뜻, 국민의 뜻 하는 네 말에 내 머리가 돈다. 네 말 같지 않은 수사에 내 이성이 마비된다. 너의 국민은 도대체 누구니. 나 말고 누구니. 네가 언제 내 말을 들었다고 국민의 뜻, 국민의 뜻 하니. 국민만 보고 간다더니 나는 안중에도 없니. 아, 정신 사납다. 나는 누구니. 국민도 못 되는 나는 뭐니. 내 뜻은 어디 갔니. 내 뜻은 도둑맞은 거니. 이젠 내 뜻이 뭔지 나도 모르겠다. 정신 사납다. 돌아버리겠다. 공허한 헛소리 집어치우고 내 뜻 살펴. 국민 뜻 똑바로 살펴. 나 좀 살려줘.

주제곡, 변주되어 흐른다.

여자   지난번 머리하고 갔을 때 남편 반응 어땠어? 못 알아봐? 호호호. 남자들 다 그렇지 뭐. 글쎄 그렇다니까. 제 아내에겐 곰 같은 인간들이 남의 여자 머리에 꽂힌 콩알 만한 머리핀까지 귀신같이 알아차린다니까. 이거 왜들 이래. 우리도 봐줄 남자들 많다고. 파이팅. 호호호. 호호호. 파이팅. 이번엔 특별히 상견례니까. 아름다움과 품격을 다 살려서 사돈에게 꿀리지 않게. 훈이네? 발 끊은 지 오래됐잖아. 솜씨? 왜 이래. 내 솜씨가 어때서. 적어도 이 골목에선 최고다, 라고 자부한다. 거기다 가격 저렴하지. 호호호. 하긴 가격이 솜씨 평가 기준이라더라. 어째? 가격 좀 올려? 다른 가게로 튀겠다고? 내 처지 때문이지 무슨 문제겠어. 그래. 남편 잘 둔 덕. 교도소에 있다는 거 알면 그중 40%는 발길 끊어. 저마다 정치성향이 있는 거지. 얘기하다 보면 생각이 부딪치는 지점이 생기거든. 불편하잖아. 자연히 멀리하게 되어 있어. 그나마 서로 욕 안 하고 다니면 그게 고마울 따름이지. 요즘 젊은 애들은 정치적 성향이 맞지 않으면 결혼 안 한다지?

역사, 감방에서 수인의 모습으로 외친다.

역사   내 딸 결혼한다. 전쟁을 멈춰라. 내 아들 결혼한다. 전쟁을 멈춰라. 감히 전쟁 운운하는 놈 누구냐.

여자   누구야?

역사	전쟁이 뭐더냐. 전쟁은 청부 가족 살인이다. 청부 이웃 살인이다. 직접 죽이기 뭣하니, 서로의 손을 빌려 해결하자는 거다. 전쟁이야말로 살인 품앗이 아니더냐. 적을 죽이는 척 내 가족, 내 이웃을 죽이려는 거 아니더냐. 자기 학대 행위, 자기 파멸 행위가 전쟁 아니더냐. 전쟁은 미친놈들이나 할 짓이다. 전쟁은 미친 짓이다.
여자	미친 것들.
역사	전쟁 잘한다고 자랑하지 마라. 칭찬하지 마라. 훈장 주지 마라. 내 딸 죽는다. 내 아들 죽는다.
여자	안 돼.
역사	네 딸 겁탈 당한다. 네 아내 강간당한다. 네 아들 팔다리 잘려나간다. 네 남편 머리 박살 난다. 네 손녀 입 틀어지고, 네 손자 코 삐뚤어진다. 아기들 굶어 죽는다. 노인들 살기 미안해 혀 깨물고 죽는다. 지구가 뒤집힌다. 온 세상 지옥 된다.
여자	안 돼. 안 돼.
역사	죽이거나 죽거나. 결국은 다 죽는 게 전쟁. 인간이고 문명이고 자연이고 공멸하는 게 전쟁. 미친놈들의 죽음 파티, 전쟁. 내 딸 시집간다, 전쟁을 멈춰라. 내 아들 장가간다, 전쟁을 포기하라. 반전. 반전. No War. No War. 反战. 反战. Anti-guerre. Anti-guerre, 反戰. 反戰. Antikrieg. Antikrieg.
여자	No War. No War. 反战. 反战.

주제곡, 변주되어 흐른다.

여자　저 사람들 뒷바라지하기 위해서 결혼과 이혼을 해. 모르지. 또 몇 번을 더 하게 될지. 혼인신고? 법 따윈 상관없고. 내 영혼의 동반자. 저 남자들 뜨거운 외조에 내가 작은 내조로 답하는 거지. 내조? 특별한 거 없어. 나를 지키는 것. 저 사람들 부끄럽지 않게, 허망하지 않게, 흔들리지 않게 나를 지켜내는 것. 나를 책임지는 것. 그게 저 사람들의 삶에 내가 함께하는 방법. 그뿐이야. 호호호. 나 또 결혼한대도 너무 놀라기 없기. 응? 자기도? 정말? 호호호. 호호호.

스마트 폰 문자 수신 음향 들린다.

여자　잠깐만.

여자, 작업대 위에 놓인 스마트 폰에서 문자를 확인한다.

여자　희주. 그 남자와 결혼 안 하겠대. 놀라긴. 글쎄. 차인 건지 찬 건지. 마음 많이 상했겠다. 힘들겠다. 좀 울겠지. 울고 나면 나아지겠지. 결혼이 뭔지 다시 생각해보겠지. 그렇게 성장하는 거겠지.

또 한 번 스마트 폰 문자 수신 음향 들린다.

여자 자기 문잔데. 확인해 보라고?

여자, 작업대 위에 놓인 손님의 스마트 폰에서 문자를 확인한다.

여자 미연이. 에헤. 얘들 왜들 이러냐. 누가 친구 아니랄까 봐. 별걸 다. 머리, 계속할래?

실시간 텔레비전 뉴스 아나운서의 목소리가 흐른다.

역사, 건물주의 모습으로 미용실 문을 열고 들어선다.

여자 안녕하세요.

역사, 서성대며 미용실을 둘러본다.

역사 딸 파혼했다면서요. 에이, 어쩌다가. 잘 좀 해보지. 쯧쯧.

역사, 다시 한번 미용실을 휘 둘러보고 나간다.

여자 뭐긴. 가게 빼라는 거지. 건물주 뜻은 아닐 거고. 그 뒤에 누가 있는 거지. 더 센 사람. 파혼에 얽힌 사람. 이게 희

주의 선택이 얼마나 현명했는지를 반증하는 거야. 옳은
선택했네. 희주가 불행으로부터 빠져나왔는데 가게 쫓겨
나는 게 대수야. 이게 내 삶이다. 다시 한번 시작해보자.
머리 확 풀어버리고 삼겹살에 소주나 한잔하자.

주제곡, 흐른다. 역사, 노래한다.

역사   아리랑 아리랑은 아라리더냐
아리랑 아리랑은 아라리더라
아리아리 아리랑은 사랑이더냐
아리아리 아리랑은 사랑이더라
십리고 백리고 사랑 좇는 님아
십린들 백린들 아니 배웅 못 하리
아리랑 아리랑은 아라리더냐
아리아리 아리랑은 사랑이더라

여자   저 사람이 즐겨 부르는 노래야. 이젠 내 노래이기도 하고.

여자, 노래한다.

아리랑 아리랑은 아라리더냐
아리랑 아리랑은 아라리더라
아리아리 아리랑은 사랑이더냐

아리아리 아리랑은 사랑이더라
천리고 만리고 사랑 찾는 님아
천린들 만린들 아니 마중 못 가리
아리랑 아리랑은 아라리더냐
아리아리 아리랑은 사랑이더라

역사와 여자, 함께 노래한다.

역사 십리고 백리고 사랑 좇는 님아
여자 십린들 백린들 아니 배웅 못 하리
역사 천리고 만리고 사랑 찾는 님아
여자 천린들 만린들 아니 마중 못 가리

역사 아리랑 아리랑은 아라리더냐
여자 아리아리 아리랑은 사랑이더라

함께 아리랑 아리랑은 아라리더냐
아리아리 아리랑은 사랑이더라

역사와 여자의 노래 끝나갈 즈음, 서서히 막 내린다.

– 막 –

아 리 아 리 랑

이 상 범 작 사
박 경 애 작 곡

착란
錯亂

■

등장인물

나

역사歷史

때

현재

장소

'나'의 서재

'나'의 서재다. 꽤 많은 서적이 정리되어 있다. 책 제목으로 보아 역사, 정치, 경제, 사회, 예술, 교양 등 다양한 분야를 섭렵하고 있음을 엿볼 수 있다. 책꽂이를 배경으로 넓은 책상 하나가 자리하고 있다. 책상 위에는 쓰지 않은 원고지 묶음과 작업을 마친 원고지 묶음이 꽤 높은 높이로 정리되어 있다.

극장 문이 열릴 즈음, 서재의 주인은 '역사'이다. 어슴푸레한 오일 램프 조명 앞에서 '역사'는 글을 쓰고, 책을 읽고, 사색한다.
관객 모두 자리하고 극장 정리되면 무대 어두워진다.

■

무대 밝아지면 책상에는 '나'가 앉아 집필 작업에 한창이다. 원고지에 한 문장 한 문장 적어나간다. 아니. 적어나간다는 표현이 어색할 정도로 적확한 단어 하나를 결정하지 못해 난감해하며 파지를 양산하는 중이다. 자세히 보면 서재는 이미 파지로 그득하다. 구조적 깔끔함에 비해 상태는 매우 어수선하다. '나'의 머릿속이 훤히 들여다보이는 듯하다. '나', 답답함을 참지 못해 글쓰기를 멈추고 일어선다.

역사   앉아!

'역사'의 목소리는 들리는데 모습은 찾아볼 수 없다.

역사   앉아! 어서 앉으라고.

'나'는 다시 책상에 앉아 집필을 시작한다. 그러나 막막하다. 좀처럼 단어가 떠오르지 않는지 펜을 내려놓고 다시 일어선다.

역사   잡아. 잡아. 목적지 코앞에 두고 왜 이래. 마침표 찍기 일보 직전이라고.

'나', 옆에 쌓아놓은 집필 원고를 읽는다. 그중 한 장을 뜯어낸

다. 다시 읽어보더니 이내 구겨 던져버린다. 또다시 몇 장을
그렇게 구겨 던져버린다. 비로소 '역사'가 정체를 드러낸다.

역사 그러게 맡기자고 했잖아. 아직 늦지 않았어. 이 원고 이
상태로 넘기면 며칠 안에 멋진 작품 나올걸.

나 또 작품이란다.

역사 작품이 아니면?

나 그러게. 쓰다 보니 창작이네.

역사 선택해. 원고 마감 기일 벌써 넘겼어. 오늘 중 끝내야 돼.
일정 차질 생기면 대망이고 뭐고 다 헛꿈 되는 거고.

나 늘 쓰던 칼럼이나 에세이와는 너무 달라. 글이 무서워.
날 너무 괴롭혀. 자서전이란 게 이런 건가.

역사 차라리 참회록이 낫지.

나 같은 건 줄 알았는데. 그게 그거다, 생각했는데.

역사 참회록에서 진짜 참회를 드러낸 것이 자서전. 달라도 너
무 다르지.

나 참회록 같은 자서전은 불가한가.

역사 증명을 해 보이던가.

나 그러려고, 그래 보려고 하는데.

역사 자서전을 왜 본인이 못 쓰고 남에게 맡기는 줄 알겠지.
글 쓰는 능력 때문만이 아냐. 양심의 가책 때문에. 왜곡,
조작으로부터 자유롭지 못해서. 기름칠이 필요해서. 향
수 팍팍 뿌려줘야 읽을 만해서. 대필 작가는 요리값 받는

	거야. 조미료값.
나	돈 주고 자기 기만하는 거네. 마약이네.
역사	마약의 효과는?
나	중독.
역사	중독의 결과는?
나	착란? 자기파멸?
역사	지금 너는?
나	문장이 춤을 춰. 의미를 파악할 수가 없어. 이건가 싶다가 저건가 싶고. 이 뜻인가, 저 뜻이고. 저 뜻인가, 이 뜻이고. 이도 저도 아무 뜻도 아니고. 내 믿음을 배신해. 내 생각을 비웃어. 내 목을 휘감아. 숨을 조여 와.
역사	내 기록을 부정해. 내 손길을 거부해.
나	단어가 생경해. 말이 꼬여. 글이 안 돼.
역사	여기까지. 여기서 마무리.
나	사실, 자서전 따윈 이미 포기했어. 정치 따윈 벌써 지워버렸어. 대망? 허망이려니, 싶다.
역사	잘했어. 정신 차려서 다행이야.
나	그렇다고 집필을 포기하고 싶진 않아. 마무리 지을 거야.
역사	자서전 포기했다며?
나	자서전 말고 참회록.
역사	지금 상태로는 불가. 자서전 자세로 참회록에 올라타는 건 정신분열을 향해 질주하겠다는 거야.
나	이겨 내야지. 해내야지.

역사 왜? 뭐 하러?

나 자서전 쓰려던 사람이니까. 내가 누구인지 정말 궁금하니까. 어떻게 살아왔는지, 지금은 어떤 지경인지 알아야겠으니까.

역사 이러다 자서전이 유서 돼.

나 그러라지.

역사 정말 준비된 거야? 자신 있어? 싸워볼래?

나 그것 말고 다른 길 있나.

역사 난 무섭다.

나 글을 못 쓰겠다니까. 글이 안 써진다니까. 이것보다 무서운 게 어디 있어. 글을 쓰고 싶다니까. 써야겠다니까. 온전한 사람이 되어야겠다니까. 내가 누구인지 알아야겠다니까.

역사 그러던지. 지옥문을 열던지. 자살하던지.

'나'는 집필 원고지를 뒤진다. 이미 구겨 던져 버린 원고들도 펼쳐 읽는다. '역사' 또한 원고지를 들고 글을 써 내려가다가 뜯어 구겨버리기를 반복한다. '나'의 집필 원고를 들춰가며 읽다가 쓰레기통에 찢어 넣고 불을 붙인다. '나'도 원고지를 찢어 불타는 쓰레기통에 넣는다. '역사' 다른 원고지를 집어 읽다가 '나'에게 따져 묻는다.

역사 여기 이 물음표. 빈칸.

나	아, 여기. 자살.
역사	살인.
나	미숙.
역사	미수?
나	미숙으로 인한 자살 방조.
역사	미숙?
나	행복.
역사	나의 행복으로 인한 간접 살인.
나	간접 빼고. 살인.
역사	정거장.
나	고등학교 1학년.
역사	등교 시간.
나	7시.
역사	아니, 8시.
나	8시. 친구들보다 한 시간 늦은 8시. 버스를 기다리는 정거장.
역사	등교 시간을 피해 늦게 나왔던 친구가.
나	나를 만나러.
역사	아니. 나를 피해서.
나	한 집 걸러 옆집에 사는 형제 같은 내 친구가 지게를 지고 정거장에.
역사	"너는 교복 입고 책가방 들고 공부하러 학교 가는데."
나	"나는 지게 지고 나무하러 산에 간다."

역사　그리고 또 무슨 이야기가 더 있었더라.

나　더 있었던가. 없었던 거 같아.

역사　있었을지도.

나　기억 못 하는 거는 없는 거.

역사　기억 못 하니까 없었던 거?

나　모르는 거는 없는 거.

역사　그날 오후.

나　하굣길에. 동네 형이.

역사　"네 친구 죽었다. 자살했다."

나　아침에.

역사　"자살했다."

나　지게 지고.

역사　"자살했다."

나　나무하러.

역사　"자살했다."

나　산에 간.

역사　"자살했다."

나　걔가?

역사　"자살했다."

나　왜?

역사　네가 죽였잖아.

나　내가?

역사　죽였잖아.

나	언제?
역사	일주일 전에.
나	일주일… 그날.
역사	"나랑 얘기 좀 할래."
나	그날. 게네 마당에서. 아주 긴 시간.
역사	"나…"
나	와! 볕 좋다.
역사	"나…"
나	우리 얼마만이야. 너랑 이렇게 대화 나누니 참 좋다!
역사	"나…"
나	너랑 이렇게 깊은 대화를 나눌 수 있다니. 우리 많이 성숙해진 것 같아! 어른 된 기분.
역사	"나…"
나	멋진 날이다, 오늘!
역사	"나…"
나	멋지다, 내 인생!
역사	"나…"
나	의젓해! 뿌듯해! 만족스러워!
역사	"나…"
나	내 생애 최고의 날.
역사	"내 말 들었어?"
나	응. 응?
역사	"내 말 들었어?"

나	그럼. 그럼. 다 들었어.
역사	"네 생각은 어때? 뭐야?"
나	무슨 생각?
역사	"내 얘기. 내가 물어본 거."
나	그거? 그게… 그게 그러니까.
역사	이 물음표. 이 빈칸.
나	하얘.
역사	어쩜 한 마디도 기억하지 못할 수 있지.
나	전혀. 백지. 놀랍다 싶을 정도로 긴 시간이었는데.
역사	이렇게 텅 빈 채로.
나	너는 교복 입고 가방 들고 공부하러 학교 가는데.
역사	"나는 지게 지고 나무하러 산에 간다."
나	그 긴 이야기 끝에.
역사	마지막 구조 신호였는데. 잡아달라는, 살려달라는 몸부림이었는데.
나	앞에 말을 기억하지 못해…
역사	마지막 말의 의미를 깨닫지 못했어.
나	앞의 말을 듣지 않아…
역사	뒤의 말을 해석하지 못했어.
나	사십여 년을 내내 빈칸을 채울 말을 찾고 있는데.
역사	행복하니?
나	난 무척 행복해!
역사	살려줘.

나	난 정말 행복해!
역사	너는 교복 입고.
나	그건 일주일 후.
역사	가방 들고.
나	그건 일주일 후.
역사	공부하러 학교 가는데.
나	뭐라고 대답했더라.
역사	활짝 웃었나?
나	걔도 웃었나?
역사	그렇게 죽였나?
나	제 행복에 겨워.
역사	친구의 비명을 외면했으니.
나	자살방조.
역사	살인.
나	살인?
역사	살인.

'나', 숨을 곳을 찾는다.

나   공소시효.

'역사', 원고지를 구겨 '나'에게 던진다.

나	그래. 공소시효.
역사	없음.
나	내 귀를 찢어버리고 싶어. 내 머리를 부숴버리고 싶어. 내 뇌를 긁어내고 싶어. 내 입을 꿰매버리고 싶어.
역사	그래야지. 당연하지. 공소시효 없음. 평생 찾아봐. 평생 더듬어 봐. 평생 귀 기울여 봐. 죽기 전까지 꼭 기억해 내도록. 꼭 듣도록. 그렇지 않고는 자서전은커녕 참회록도 불가.

'나'는 '나'대로, '역사'는 '역사'대로 새로운 원고를 쓰고, 집필 원고를 뒤진다. 정작 이들의 집필 작업은 원고지 폐지 만들기 작업과 다름없다.

역사	아니야.

'역사', 폐지로 비행기를 접어 날린다. '나', 다시 쓴다.

역사	사실관계가 달라.

'나', 원고지를 구겨 던진다. 다시 쓴다.

역사	침소봉대.

'역사', 폐지로 비행기를 접어 날린다. '나', 다시 쓴다.

역사   구차한 변명.

'나', 원고지 구겨 던진다. 다시 써보려 한다.

나   한 문장을 못 쓰겠네.

역사   써 놓은 문장들은 어떻고.

나   여기.

역사   어디?

나   여기.

역사   거기?

나   아니. 여기.

역사   그러니까, 거기.

나   그래. 좋아. 거기.

역사   아니, 여기.

나   거기.

역사   여기.

나   그럼, 거기로 해.

역사   여기를 왜 거기로 해. 여기는 여기, 거기는 거기.

나   그럼, 여기로 하던가.

역사   거기를 왜 여기로 해. 거기는 거기, 여기는 여기.

나   여기나 거기나.

역사	여기 다르고, 거기 다르고.
나	여기가 거기 되고, 거기가 여기 되는 거지.
역사	왔다 갔다 하는 너 잊지 말고. 너의 자리 잃지 말고.

'나'는 원고지를 내려놓고 일정 거리를 확보한다.

나	그럼, 저기.
역사	어디?
나	저기.
역사	거기?
나	아니, 저기.
역사	그러니까, 거기.
나	왜 또 저기가 거기야.
역사	입장이 다르니까.
나	무슨 입장?
역사	내가 선 자리. 네가 앉은 자리. 너는 거기, 나는 여기.
나	네가 나고 내가 넌데, 여기거기가 어디 있어.
역사	너와 내가 정말 같아? 정말 하나야? 정말 그렇게 생각해? 그렇게 믿어?
나	아냐?
역사	아냐.
나	아냐?
역사	넌 나의 너. 난 너의 나. 날 지켜보는 너는 나의 너.

나	너에게 질문하는 나는 너의 나?
역사	나의 너와 너의 나.
나	너와 나야 다르지만. 나는 넌데. 너는 난데.
역사	네가 내 쪽에 있으면 너. 내가 네 쪽에 있으면 나.
나	네 쪽은 어디고, 내 쪽은 어디야?
역사	여전히 그걸 헷갈리네.
나	모르겠고. 여기.
역사	거기.
나	내가 너와… 너와? 나와… 나와? 어쨌든. 우리가… 우리? 내가… 나와… 너와 다투던 여기. 아, 씨팔!
역사	그래, 거기.
나	동해.
역사	서해.
나	동해.
역사	서해.
나	좋아.

'나', 반대쪽으로 이동한다.

나	서해.

'역사', 반대쪽으로 이동한다.

역사　아니. 동해.

나　서해.

역사　동해.

나　좋아.

'나', 반대쪽으로 이동한다.

나　다시 동해.

'역사', 반대쪽으로 이동한다.

역사　아니. 거긴 서해.

나　여긴 동해.

역사　그래. 거긴 서해.

나　동해물과.

역사　서해물과.

나　백두산이.

역사　후지산이.

나　마르고 닳도록.

역사　(동시에) 마르고 닳도록.

나　해 뜨는 동해.

역사　해지는 서해.

나　서쪽에 있는 바다가 서해.

역사	서해의 진짜 명칭은?
나	서해.
역사	황해.
나	뭐?
역사	서쪽이 아니어서. 반대쪽에선 동쪽이어서.
나	도대체 너의 서는.
역사	너의 동.
나	같은 바다?
역사	하나의 바다.
나	동이든 서든, 하나만.
역사	동이기도 하고 서이기도 하고. 동일 수도 있고 서일 수도 있고.
나	동해물과 백두산이 마르고 닳도록.
역사	서해물과 후지산이 마르고 닳도록.
나	동.
역사	서.
나	동.
역사	서.
나	싸워보자는 거지?
역사	동서가 힘으로 바뀌니. 자연의 이치를 힘으로 바꾸게. 이길 힘은 있고? 이길 자신은 있고?
나	본래.
역사	본래? 언제?

나	일본해? 자존심 상하게.
역사	쓸데없이.
나	기분 나쁘게.
역사	동해? 방향치냐?
나	매국노.
역사	동쪽을 서쪽에서 보면 동쪽일 수밖에. 서쪽을 동쪽에서 바라보면 서쪽일 수밖에.
나	내가 서쪽이니까.
역사	나는 동쪽이니까.
나	동쪽이 당연하지.
역사	서쪽이 당연하지.
나	친일파.
역사	친한파는 어쩌려고.
나	친한?
역사	친일만 있을까.
나	어떤 놈들이 친한 질이야. 매국노.
역사	올바른 자세 아닐까. 객관적 시선.
나	그래서 양보하자고? 손들자고?
역사	협상하자고. 조정하자고.
나	되지도 않은 소리. 동해에 빠져 죽을 일 있어?
역사	사랑해.
나	뭐라고?
역사	'사랑해'.

나	난 이러는 네가 정말 밉다.
역사	사랑해로 협상하자고.
나	미워해.
역사	사랑해.
나	혐오해.
역사	사랑해.
나	증오해.
역사	사랑해.
나	저주해.
역사	사랑해.
나	그만해.
역사	사랑해.
나	그만하라고.
역사	사랑해라고.
나	에라, 멍멍이다.
역사	야옹!
나	멍멍!
역사	개는 야옹.
나	멍멍.
역사	고양이는 멍멍.
나	야옹.
역사	단순하기는.
나	무식하기는.

역사 가면 쓴 거 안 보여?

나 개가?

역사 고양이가.

나 고양이가?

역사 개가.

나 모두?

역사 아니.

나 그럼, 누가?

역사 개가.

나 고양이 가면을?

역사 고양이가.

나 개 가면을.

역사 아니. 개 가면을 고양이가.

나 고양이 가면을 개가.

역사 그렇지.

나 그렇지, 라니?

역사 다른 거 모르겠어?

나 뭐가?

역사 개 가면을 고양이가 썼어.

나 고양이가 개 가면을 썼지.

역사 다르잖아.

나 뭐가? 어디가?

역사 개 가면을 쓴 고양이는 놀고 있고.

나	고양이가 개 가면을 쓰고.
역사	속이고 있고.
나	뭐라는 거야.
역사	개는 좋고, 고양이는 밉고.
나	말도 안 되는 소리.
역사	네가 좋아하는 개로 시작하면 좋은 거고, 네가 싫어하는 고양이로 시작하면 싫은 거고.
나	내가?
역사	응, 네가.
나	에라, 멍멍이다.
역사	야옹!
나	멍멍!
역사	너는 멍멍이잖아. 멍멍하잖아.
나	야옹!
역사	가면 썼네.
나	어딜 봐서?
역사	네 몸을 보면 알지. 이 건 고양이가 아니라 개. 고양이는 이게 고양이.
나	에라이, 멍야멍야다.
역사	야멍야멍!
나	미친!
역사	그러게. 내가 미쳤는데 너는 멀쩡할까.
나	미치겠다!

역사	너 이미 미쳤어.
나	미친 걸 인정할 수 있는 한 아직 건강해.
역사	미친놈이 무서운 건 자기가 미친 줄 모르기 때문이야.
나	난 내가 미친 걸 잘 안다니까. 그래서 나는 안 미쳤다니까.
역사	미친놈들이 안 미쳤다고 우긴다니까.
나	내가 미쳤으면 네가 존재하겠니.
역사	내가 미쳐서 네가 미친 거야.
나	너 안 미쳤네.
역사	들켰나.
나	내가 매번 너에게 당할까 봐. 사람이 그렇게 쉽게 미치는 줄 알아. 겁주지 마. 아직 거기까진 아냐.
역사	제법이다. 하지만 명심해. 지금 미칠 지경인 건 확실해. 선 넘어가면 안 돼. 위험해.
나	멍멍!
역사	울어?
나	웃는 거야.
역사	우네.
나	웃는 거라니까.
역사	멍멍! 이게 웃는 거지.
나	멍멍! 이게 웃는 거고. 멍멍! 이게 우는 거고.
역사	보통은 멍멍! 이렇게 웃어.
나	그건 우는 거고.

역사	네가 내 속을 어떻게 아니.
나	네가 내 속을 어떻게 알아.
역사	우는 게 뭔지.
나	웃는 게 뭔지.
역사	네가 알아?
나	제대로 웃어나 봤어?
역사	제대로 울어나 봤어?
나	네 웃음은 웃음이 아냐.
역사	네 울음은 울음이 아냐.
나	내가 웃는 게 웃는 게 아냐.
역사	내가 우는 게 우는 게 아냐.
나	웃는 사람과 함께 울어줘.
역사	우는 사람과 함께 웃어줘.
나	웃는 게 우는 거니까.
역사	우는 게 웃는 거니까.
나	그러니 웃자.
역사	그러니 울자.
나	흑흑흑!
역사	하하하!

웃다가 울다가, 웃으며 울며 문장을 찾는다. 단어를 찾는다. 기억을 더듬는다. 파지를 양산한다.

나	그만해. 그만 웃으라고.
역사	네 꼴을 보고 안 웃을 수 있어야지.
나	뭐가 그렇게 웃겨?
역사	웃지 않으려는 거. 웃음을 지우고 울기만 하려는 거.
나	그게 왜?
역사	좋아서. 웃음이 나와서.
나	내 울음이.
역사	내 웃음이야.
나	내 아픔이.
역사	내 기쁨이지.
나	내 상처가.
역사	내 상처를 치유해.
나	계속 아프라고? 계속 울라고?
역사	건강하다는 증거. 치유 가능하다는 징후.
나	힘들어. 죽을 만큼 고통스러워. 불행해.
역사	웃음의 힘이야.
나	울라며? 계속 울어야 한다며?
역사	네가 울어야 내가 웃을 수 있으니까. 네 우는 꼴 보며 깔깔 웃을 수 있으니까. 그게 웃음의 힘이야.
나	웃음의 힘은 울음의 힘이네.
역사	그러니까, 울어.
나	그래. 마음껏 웃어.
역사	하하하!

나	흑흑흑!
역사	온 세상을 울음바다로.
나	동해.
역사	서해.
나	내가 우는 게 우는 게 아냐. 흑흑흑! 하하하! 흑흑흑!
역사	(동시에) 하하하! 흑흑흑! 하하하!

둘은 울며 웃으며 파지를 양산해 간다.

나	오호! 이거. 찾은 거 같아.
역사	드디어 찾았어?
나	찾은 거 같아.
역사	찾았어?
나	그런 거 같아.
역사	그거야?
나	그거 같아.
역사	같은 거야, 그거야?
나	그거 같아.
역사	그거하고 같은 게 같아?
나	그게 무슨 말이야?
역사	그거하고 같은 게 같으냐고?
나	뭐라는 건지.
역사	다르다고.

나	틀려?
역사	다르다고.
나	그러게 틀리냐고?
역사	달라. 달라. 다르다고.
나	뭐가 달라?
역사	같아와 그거.
나	그게 틀려?
역사	다르다고.
나	어디가 틀려?
역사	어디가가 아니고 뭐가.
나	뭐가 틀려?
역사	다르다니까. 다르다고.
나	아, 틀린 거랑 다른 거랑 다르다고?
역사	그렇지.
나	음. 그런 거 같네.
역사	그런 거 같은 게 아니라 그렇다고.
나	그러게. 그런 거 같다니까.
역사	다른 거 모르겠어? 정말 모르겠어?
나	내 말이 달라?
역사	틀려. 틀렸다고.
나	그런가?
역사	그래.
나	그럼, 그런가 보네.

역사	그런가 보네? 이걸 확!
나	까탈스럽기는.
역사	틀리다와 다르다는 다른 거고, 다르다를 틀리다라고 말하는 건 틀린 거고. 내 생각은 '이다'고, 타인에 대한 이해와 평가는 '인 것 같다'고.
나	뭐가 틀려?
역사	이때는 틀려가 아니고 달라를 쓰는 거고.
나	네가 틀릴 수도 있지.
역사	아, 이 새끼. 다르다는 분별하는 거고, 틀리다는 평가하는 거고. 다르다는 포용적이고 틀리다는 배타적이고. 다르다는 이해하겠다는 자세고, 틀렸다는 징벌하려는 자세고.
나	틀리고 다르고가 뭐 그리 중요하다고 그렇게 입에 거품을 물어.
역사	와! 승부욕 생기네.
나	겉치레 말고 내용으로 들어가.
역사	겉치레? 너 개가 좋아, 고양이가 좋아? 숭어가 좋아, 망둥이가 좋아?
나	엄마 아빠 다 좋아. 메롱이다!
역사	오징어와 꼴뚜기는 달라, 틀려?
나	다르지.
역사	그렇지. 그렇잖아. 그거라고. 이제 말이 통하네.
나	완전히 틀리지.

역사	왜 또 틀려?
나	틀리지, 어떻게 같아.
역사	같다의 반대말은?
나	틀리다.
역사	와! 이건 무지가 아니라 폭력이야. 다른 걸 틀리다고 하는 건 이치를 부정하는 거야. 원리를 무시하는 거라고. 다른 걸 틀리다고 하는 건 막 우기는 거야. 싸우자는 거야. 힘의 우위로 눌러버리겠다는 거야. 씨팔! 돌빡새끼야!
나	네 말은 내 생각과 틀려.
역사	달라.
나	틀려.
역사	난 틀리지 않았어. 다를 뿐이야.
나	넌 틀려. 틀렸어. 틀려먹었어.
역사	죽자. 같이 죽자. 더 민폐 끼치기 전에 사라지자.
나	멍멍!
역사	야옹!
나	야옹!
역사	멍멍!
나	틀려.
역사	달라.
나	그런 거 같아.
역사	그런 거라고.
나	야옹!

역사	멍멍!

'역사'와 '나', 놀고 있다. '나'가 '역사'를 할퀴고, '역사'는 '나'
를 문다. 이내 파지를 씹다가 뱉다가를 반복한다. 문장을 찾아
다닌다. 글자를 찾아다닌다. 허기진 개와 고양이가 먹이를 찾
듯이. 먹이를 두고 다투듯이. 지쳐 쓰러질 때까지. '나', 벌떡
몸을 일으켜 섰던 원고들을 빠르게 넘긴다.

나	못 믿겠어. 못 믿겠어. 내 인생이 이 꼴이었다니! 이 지경
	이었다니! 못 믿겠어.
역사	인정해.
나	못 믿겠어.
역사	이건 믿고 안 믿고의 문제가 아니야. 살피고, 경청하고,
	인식하고, 인정해야 하는 문제야.
나	못 믿겠어.
역사	부인하지 마. 명확한 너의 역사야.
나	인정 못 해.
역사	엄연한 현실을 신념 따위로 왜곡하려고?
나	이렇게 살고 싶진 않았다고.
역사	의도는 의도, 결과는 결과. 의도로 결과를 포장하려 하
	지 마.
나	가끔 취지와 다른 결과가 나올 수도 있는 거지.
역사	헛소리는 헛소리, 취지는 취지. 취지로 헛소리를 덮으려

하지 마.

나 　인간사 한 번 실수야 병가지상사.

역사 　다반사여서 문제지. 반복된 헛소리는 오히려 진의에 가
　　　깝지. 늘 위장하고 연기하면서 숨겨왔던 진상이 드러나
　　　는 순간이기도 하지.

나 　가끔 흐트러질 때도 있는 거지. 스텝이 꼬일 때도 있는
　　　거지.

역사 　술주정이야말로 적나라한 너의 현실. 진상眞相을 드러내
　　　는 진상進上. 술 깨서 되돌리겠다는 건 엎어진 물 주워 담
　　　기. 혹은 자기 부정. 강요. 광기. 폭력.

나 　내 말을 헛소리로 받아들이는 놈들이 불손한 놈들이지.

역사 　황공하옵니다. 전하.

나 　짐의 헛소리엔 깊은 뜻이 담겨있노라. 새겨듣거라.

역사 　지당하신 말씀이옵니다. 전하.

나 　과연 훌륭한 백성이로다. 하하하.

'역사', 돌변하여 '나'를 공격한다.

역사 　미친 새끼.

나 　왜 이래.

역사 　내가 너의 역사라는 게 부끄러워서 이런다. 쪽팔려서 이
　　　런다. 너 같은 새끼는, 아니 나 같은 새끼는 사라지는 게
　　　좋겠다. 죽어주는 게 맞겠다.

'역사', 자신의 목에 밧줄을 맨다.

역사 죽어라. 죽자.
나 살려줘.
역사 죽자.
나 살려줘.

'나', '역사'의 밧줄을 푼다.

나 비굴하게… 눈감고… 모르는 체… 아닌 체… 굴종하며.
역사 인식과 신념 사이에서.
나 사실 여부에 대한 의문을 불온한 사상으로 압박받으면서.
역사 이데올로기로 전복된 거짓에 대해 공개적 인정, 복종 선
언을 강요받으면서.
나 속으며.
역사 확연한 현실을 모호한 수사로 얼버무리면서.
나 때로는 속는 척하며.
역사 사상검증을 거듭하면서.
나 거부하지 못하고. 저항하지 못하고.
역사 아니, 자발적으로 복종하고.
나 이 지경이 된 거지.
역사 다중인격으로 몰아가는 권력의 횡포 앞에 정신착란에
이른 거지.

나	죽여라.
역사	이대로 끝내기도 부끄럽고.
나	거듭날 기력은 있는 걸까. 용기는 있는 걸까.
역사	죽기보다는 죽기까지.
나	죽기보다는 죽기까지?
역사	조금이라도 덜 부끄럽기 위해서.
나	아!

'나', 부끄러워 쥐구멍을 찾는다. 파지 속에 머리를 처박는다. '역사'가 '나'를 덮어 숨겨보려 하지만 어디 온전히 감춰지겠는가. '나'의 신음이 계속된다. '나'와 '역사', 자책에 지쳐 몸을 일으킨다. 무척 지쳐있다. 몽환적 심리다.

나	보여?
역사	보여.
나	무용하네. 문장들이 날아다녀.
역사	춤이야. 날아다니는 건 단어들이야.
나	문장인데. "뭉툭한 가위로 마무리 짓다."
역사	단어들이잖아. "뭉툭, 한가위, 로마, 무리, 짓다."
나	그러네. 아직 문장을 이루지 못한 단어들이네.
역사	어떻게 잡지?
나	어떻게 엮지?
역사	그냥 춤추게 둬.

나	그럴까. 무용 감상이나 할까.
역사	춤이라니까.
나	누가 뭐래. 무용.
역사	춤.
나	무용.
역사	달라.
나	또 틀려?
역사	다르다고.
나	뭐가 틀려.
역사	춤은 혼자 놀자는 거고. 무용은 관객 보라는 거고.
나	춤과 비교하면 무용은 무겁네. 심각하네.
역사	춤은 개별적이고.
나	무용은 상호적이고.
역사	춤은 사적이고.
나	무용은 공적이고.
역사	지금 저게 무용.
나	"정치하는… 검찰은… 정치검찰이고."
역사	"검찰이… 정치하면… 검찰정치고."
나	검찰 능력 있지.
역사	정치 잘해야지.
나	그런데 뭐가 문제야. 저 무용이 어디가 어때서.
역사	어울리면 안 되는 단어들이니까. 춤이라면 재미있게 놀아봐라, 봐주겠는데.

나	무용은 곤란하다?
역사	그 무용 마주하는 사람들 분노하니까. 사회 망가지니까. 나라 무너지니까.
나	그럼, 갈라놓으면 되겠네. 검찰. 정치. 코 삐뚤어지게 술이나 처먹고 춤이나 추라면 되겠네.
역사	술 좀 보내줄까.

'나', 빈 주머니를 까 보여준다.

나	저거.
역사	준… 법… 투쟁.
나	저건.
역사	비… 정상의 정… 상화.
나	준법투쟁은 비정상.
역사	준법투쟁의 정상화.
나	고로 준법투쟁은 정상.
역사	투쟁이어서 비정상.
나	비정상을 정상화하자는 게 뭐가 문제야.
역사	비정상을 정상화하자는 게 아니고, 비정상을 정상으로 받아들이자는 뜻.
나	그 정상이 그 정상?
역사	관례화된 비정상은 정상이다. 법률용어로 '사실정상설'.
나	비정상이긴 한데 사실적으론 정상으로 인정한다?

역사	그러니 비정상이 정상이다.
나	정상적 비정상.
역사	비정상적 정상.
나	그래서 비정상이라는 거야, 정상이라는 거야.
역사	잘못된 관례를 바로잡을 생각은 않고.
나	위법을 개정하려는 생각은 않고.
역사	준법을 투쟁이라네.
나	규정준수를 쟁의라네.
역사	권리행사를 폭력이라네.
나	준법.
역사	투쟁이라니까.
나	준법.
역사	위법이라니까.
나	준법투쟁?
역사	하지 말라고.
나	비정상적 준법?
역사	정상적 투쟁.
나	법치국가 대한민국?
역사	법 가지고 장난질하는 대한민국.
나	하하하. 놀고 있다.
역사	하하하. 웃기고 있다,
나	하하하.
역사	웃기지? 하하하.

나	아, 이게 지금 내 머릿속인가. 내 글인가.
역사	이제 알았어?
나	내 글이 왜 이렇지? 내 머리는 왜 이렇지?
역사	그래도 쓸 거야? 계속할 거야?
나	누가 내 머릿속에 바이러스라도 심어놓았나. 누가 내 혈관에 마약이라도 주입한 건가. 누가 내 음식에 독이라도 갈아 넣었나. 왜? 어떻게?
역사	내가.
나	네가?
역사	네가.
나	내가 자초한.
역사	억울해?
나	당연하지. 하지만 누굴 탓하겠어. 내가 바보지. 내가 어리석었지.

'역사', 여기저기 원고를 들춘다.

역사	아무리 찾아봐도 없네.
나	없으면 없는 거야.
역사	숨긴 거 있잖아. 깊숙이 묻어둔 거 있잖아.
나	그건 들추지 않기로 했잖아.
역사	누가? 언제?
나	그거 하나 정도는 눈 감자. 그거 하나만 눈 감자.

역사	참회는?
나	이렇게 잔혹한 건가, 참회라는 거. 이렇게 모진가.
역사	참회, 가능하겠어?

'나'는 증명하려는 듯 글을 써보려 한다. 그러나 글이 써질 리가 없다. 어떻게 해서든 '역사'의 추궁을 피해 보려 한다. '역사'를 공격하면서까지.

나	너 죽자.
역사	그래, 쪽팔리니 죽자. 죽여라.
나	아, 이걸 어쩌니. 너를 어쩌니!
역사	왜 아니라고 안 했어?
나	안 했니? 못 했지.
역사	왜 못했는데?
나	했다고 해야 안 한 거로 해준다니까.
역사	안 한 게 한 게 돼야 안 한 게 된다고?
나	그러니 미치지.
역사	미치지 않으려면 버텼어야지.
나	피해가자고 네가 했다. 일단 살자고 네가 제안했다. 다들 그렇게 한다고.
역사	기억에 없어.
나	그놈의 기억은 잘도 있다 없다 하지. 네가 못하는 기억 내가 다 한다. 치사한 새끼야. 잊으려야 잊을 수가 없다.

뼈에 사무쳐서.

역사　내가 그랬다면 역사가 알려준 거겠지. 교훈.

나　그래서 그 가르침대로 했잖아.

역사　그런데 왜 당당하지 못해. 왜 묻으려 해.

나　지금 네가 괴롭히잖아. 공격하잖아.

역사　그러게 왜 그랬어?

나　죄 아니라며. 전과 아니라며.

역사　전과 아닌 전과. 죄 아닌 죄.

나　멋진 작품이라 떠들어들 댔지.

역사　주인공은 별로였어. 끝까지 버텼어야 걸작이지.

나　그 갈등을 못 읽어? 그 고뇌를 못 느껴?

역사　미안.

나　살고 싶었어. 살아야 했어.

역사　솔직히 나도 살고 싶었어.

나　짓지 않은 죄, 지었다고 자백하면 짓지 않은 죄로 해주겠다나.

역사　나도 해석 불가한 말이었어. 어디에도 없는 문장.

나　전과 없는 전과자가 됐단 말이야. 납득이 돼?

역사　전혀.

나　그래서 안 쓰는 거야. 여전히 납득이 안 돼서 못 쓰는 거라고.

역사　그런데 왜 부끄러워해?

나　그러게, 그게 왜 부끄럽냐고! 왜 내가 부끄러워해야 하냐고? 그 개새끼들은 출세 가도를 누리며 자랑스럽고 당당한데, 왜 나만 여전히 부끄럽냐고?

역사 인정했으니까.

나 그건 내 잘못이다?

역사 무릎 꿇었으니까.

나 내가 진 거다?

역사 그렇게 전과를 달았으니까.

나 전과 아니라며.

역사 아닌 게 아닌 거지. 아닌 전과도 전과로 인정했으니 전과인 거지.

나 좋아. 다 좋아. 그럼 내 전과는 아주 미미한 실수로 정리하자.

역사 가능하다면. 그렇게 할 수 있다면. 제발!

나 아, 씨팔! 인생 쪽팔려서 못 살겠다.

역사 적어. 기록해. 고백해. 참회해.

'나', 정색하고 써본다. 뜯어 구겨 던지고 다시 쓴다. 다시 쓰고, 다시 쓰고, 다시 써보지만 결국 구겨 던짐의 연속일 뿐이다.

나 부끄러워. 부끄러워. 부끄러워! 어떻게 좀 도려내 봐. 지워 봐.

역사 죽던가. 끌어안고 살던가.

나 죽자. 끝내자.

'역사', 책상에 올라가 '나'의 목에 밧줄을 걸어 조른다. 숨넘어가기 직전 풀어준다.

역사 죽기는 쉬워?

나   이러니 더 쪽팔리지!

역사 잘 버텨 와 놓고.

나   잘 버텨 왔는데. 아닌 척하고 뭐 좀 해볼까 했는데. 하긴. 버틸 걸 버텼어야지. 버텨서는 안 될 것만 잘 버티고 살았네.

역사 전과를 훈장 삼는 전략은 어때? 이 쓰레기나 처먹으면서.

'역사', '나'의 입에 원고를 구겨 처넣는다. '나', 저항하며 뱉어낸다.

나   치욕을 명예 삼으라고? 제정신이야?

'역사'는 자리를 피한다. 다시 집필 문서를 들춘다. 뭔가 눈에 걸린다.

역사 유레카! 엮자. 걸자.

나   아직도 희망이 남았어?

역사 여기, 이거. 개인적 참회 말고 신에게.

나   너에게 말고 신에게?

역사	너의 신에게.
나	나의 신… 은 넌데.
역사	무슨 헛소리야.
나	몰랐어? 내 말 상대는 너라는 거. 네가 내가 의지하고 기 댈 수 있는 유일한 존재라는 거.
역사	정신 차려. 나 너야. 형편없는 너. 한갓 인간인 너.
나	그래. 반성하는 너. 고민하는 너. 노력하는 너. 조금이라 도 성장하는 너. 나에게 질문하는 너. 나에게 답하는 너. 나와 함께 울어주는 너. 나와 함께 웃어주는 너. 아파하 는 너. 울부짖는 너. 날 괴롭히는 너. 날 심판하는 너. 네 가 나의 하느님이야. 당신이 나의 참 신.
역사	그따위가 무슨 신이야. 나 따위가 무슨 하느님이야. 야, 너 지금 너 자신을 신이라고 우기는 거야.
나	맞아. 그렇게 주장하는 거야. 아니, 그게 내 믿음이야. 이 게 내 신앙의 정체야.
역사	벼락 맞을!
나	때릴 테면 때려 보든지.
역사	하늘에 계신.
나	그래서 안 돼. 내 곁에, 우리 사이에 내려오시기 전엔 내 겐 아무 의미 없어. 수직관계가 아니라 수평관계.
역사	하느님 맙소사.
나	이러지 마세요, 하느님!
역사	아냐.

나	맞아요.
역사	오, 하느님!
나	오, 하느님!
역사	나를 용서하소서.
나	면죄부 미리 받아놓고 짓지 않아도 될 죄 마음껏 짓게 만들지 마옵소서.
역사	저들은 저들이 하는 일을 전혀 모릅니다.
나	나는 내가 한 일을 절대 모른 체한 적 없습니다.
역사	전능하신 하느님!
나	무능하기에 최선을 다하는 나의 하느님!
역사	사랑의 하느님!
나	사랑할 수 없는 사람들을 사랑하려는 당신이 처량하기는 하옵니다만, 노력하는 자세가 눈물겨워 당신을 사랑할 수밖에 없습니다.
역사	자비로운 하느님!
나	내게 질문하고, 나를 꾸짖고 채찍질하는 신은 당신밖에 없습니다.
역사	영원하신 하느님!
나	내게 영원으로의 도피처를 마련해주지 않으시고 현재에 대한 책임을 추궁하시는 당신이 두렵습니다.
역사	정의의 하느님!
나	정의롭게 정의롭고자 뜨겁게 정의를 추구하는 당신의 정의로운 삶이 제 삶의 모범입니다.

역사	태초로부터 지금까지.
나	한결같이 유아적 상태에 머물러 있는 당신의 신보다 당신이 더 날 키웁니다. 당신이 성장하는 만큼 내가 성장하는 것 잘 압니다.
역사	오, 하느님!
나	오, 하느님! 너 또한 나를 너의 신으로 섬겨. 내가 너를 능력의 신으로, 행동하는 신으로, 우리 안에 있는 신으로, 내 안에 있는 신으로 키워줄게.
역사	하하하. 미친놈! 이 지경이 돼서야 어찌 인간인가!
나	이 지경으로야 어떻게 신을 성장시키니. 무슨 수로 너를 성장시키니. 어찌 내가 성장하니.
역사	아, 어지러워!
나	아, 흥분돼!
역사	순종하던지, 겸손하던지.
나	참견하던지, 사라지던지.
역사	무릎 꿇자. 참회하자.
나	오직 너에게. 속일 수 있는 신 말고. 만날 속이는 신 말고. 절대 속일 수 없는 너에게. 정직한 신 당신에게. 살아 계신 신 당신에게.
역사	왜 이래. 정신 차려!
나	오늘은 모란공원 가자. 봉화마을 갈까? 너 정신 흐려졌어. 기도 좀 해야 돼. 너 고생 좀 해야 돼. 학대 좀 당해야 돼.
역사	제발. 지랄 좀 그만둬!

'나', '역사'를 공격한다. 무자비하다. '역사'는 어쩔 줄 몰라 이리 뛰고 저리 자빠진다.

역사 역사를 직시하라고.

나 무슨 역사? 어떤 역사? 썩어 문드러진 역사? 악취 펄펄 풍기는 역사?

역사 역사 앞에 무슨 망발.

나 내가 역사야.

역사 역사 앞에 겸허하라고.

나 껌뻑 죽어 뭘 바꾸라고? 바짝 엎드려 뭘 구하라고?

역사 더는 못 봐주겠다, 너. 책임 못 지겠다.

나 너야말로 정신 차려. 이대로 가면 인생 정말 쪽팔려 져.

역사 쪽팔린 쪽이 미친 쪽보다는 낫지 않겠어?

나 쪽팔림이 뭔지 모르는구나.

역사 알량한 자존심.

나 그거마저 빼면 뭐가 남는데? 자존심 없이 어떻게 세상에 얼굴 내밀고 사는데?

'역사', 책 한 권을 뽑아 들춰본다. 이내 술병을 쥐고 마신다.

역사 글 정말 무섭지!

나 글이 무섭나, 자서전이 무섭지.

역사 글이 자꾸 화를 내.

나	속을 파헤쳐.
역사	아무리 외면하려 해도 놔주질 않네.
나	집요하지? 잔혹하지?
역사	자서전 따윈 접자. 참회록 따윈 던져버리자.
나	인간으로 태어나서 자기 정리를 생략한다면 이 또한 부끄러운 인생 아니겠어. 껄끄러운 인생 아니겠어. 찝찝한 거 싫어.
역사	무서운데. 위험한데.
나	공기가 딱딱한데!
역사	무슨 소리?
나	바람이 빨갛지 않아?
역사	잠깐.
나	내 입술이 왜 쑥쑥 자라지!
역사	잠깐. 잠깐만.
나	담배 한 대 줘.
역사	아니. 술 한 모금 하자.
나	담배 한 대 줘.
역사	술로 하자.
나	아니 더 써야 돼. 제대로 쓸 수 있을 것 같아.
역사	오늘은 그만. 더 쓰다간 정말 미쳐. 술 마셔.
나	담배.
역사	술. 더 깊이 들어가면 위험해.
나	담배.

역사	잠깐 멈추자. 술.
나	지금 필요한 건 담배.

여기저기 담배를 찾아보지만, 담뱃갑은 이미 모두 비어 있다.

역사	안 돼. 위험해. 술로 하자.
나	술 마시다간 너 잃어.
역사	그게 좋아. 잠깐은 괜찮아.
나	외롭지 않아. 술 필요 없어.
역사	그 고독을 멀리하라고. 위험하다고.
나	지금은 고독에 몸부림쳐야 할 때. 한 자라도 제대로 찾으려면. 한 문장이라도 제대로 쓰려면.
역사	정말 자서전 대신 유서 쓰려고?
나	이 종이들 아깝지 않아? 이 원고지들에 미안하지 않아?
역사	이깟 원고지 몇 묶음. 이깟 책 몇 권.

'역사', 원고지와 책들 집어 던진다.

역사	다음에. 천천히. 자서전 물 건너갔잖아. 참회록은 좀 더 후에. 열심히 살아본 다음에.
나	버텨본들.
역사	고독이 얼마나 무서운지 알잖아. 죽음에 이르는 병이라는 거 잘 알잖아.

나	고독? 그렇지. 네가 내게 더는 질문하지 않는 거. 내가 너에게 줄 답이 없다는 것. 그 어디고 기댈 곳 없이 온전히 혼자라는 거. 네가 내게 이별을 고한 뒤 느끼게 될 것만 같은 허망함. 아휴, 무서워. 싫어.
역사	그러니까. 자, 한 모금 해.

'나', 받아 마실듯하다가 쏟아버린다.

나	싫어. 담배. 한 대만 피자. 빨리 줘.

'역사', '나'의 입에 병을 물린다. '나'는 거부하려 하나 '역사'의 대처가 강력하다.

나	담배. 담배 한 대만 피자.
역사	죽는다고.
나	담배. 담배.

'역사', '나'의 머리에 술을 쏟아붓는다. '나'는 아랑곳하지 않고 펜을 잡는다. '나'는 그 와중에도 집필 원고지를 훑는다. 우습다는 듯 모두 구겨 던져버린다. 마구 찢어버린다. 마구 씹어 뱉어버린다. '역사'는 병나발을 분다.

나	멍멍! 야옹!

역사　야옹! 멍멍!

'역사'와 '나'는 파지를 양산하며 파지 속에 갇힌다. 파묻힌다.

나　흐라흐라뿌리나니로 니로니라흐모로로…
역사　루니라니하리리리리 크크리코마호마호라리리리…

'역사', '나'를 품에 안는다. '나','역사'의 품에 안겨 운다. 그렇게 울다가 '역사'를 뿌리치고 담배를 찾는다.

나　담배. 담배. 써야 돼. 써야 돼.

'역사'는 술을 마신다. 술에 취해 나가떨어진다.

나　흐루흐루나라니다가다 하하니미케케로르…

말 아닌 말, 말이 되지 못한 말들이 입을 뚫고 나온다. 착란 지경이다. '나'와 '역사', 원고지 속에서 문자들을 찾아 헤매고 다닐 때, 글자들에 놀림을 당할 때, 문장에 허기질 때, 자신을 자학할 때, 미쳐 날뛸 때, 서서히 무대 어두워진다.

커튼콜이 끝나면, '나'는 퇴장한다.

관객들 퇴장하고 있는 극장 무대에는 오일 램프 조명 앞에 '역사'가 홀로 남아 집필을 계속하고 있다.

– 막 –

청문
聽聞

■

등장인물

개인個人
역사歷史

때와 장소

지금, 한강漢江 아니, 역사歷史

한강. 한 사람, 강물에 몸을 던진다. 물속에 잠긴다. 생을
정리하려는 걸까. 물에 빠진 사람이 우리 눈에 포착되는 순
간은 그가 첫 번째로 물속으로부터 솟구치듯 수면 위로 튀
어 오를 때다. 살고자 하는 몸부림인가. 아니면 혹시 강이
토해낸 것일까.

개인   내가 뭘 잘 못 했어? 내가 뭘 그렇게 잘 못 했어? 내가 뭘? 내가 뭘? 이건 누군가 실수한 거야. 이건 누군가의 행패야. 이건 누군가의 음모야. 이럴 수는 없어. 내게 이럴 수는 없어. 이러면 안 되지. 나한테 이러면 안 되지. 되돌려 놔야 해. 바로잡아야 돼. 어떻게 이럴 수 있어? 어떻게 이럴 수 있어?

물속에서 무언가가 그를 잡아 끌어내리는 듯 다시 끌려 들어간다. 잠시 후, 두 번째 무자맥질이 이어진다.

개인   억울해. 난 인정 못 해. 무슨 세상이 이래? 무슨 보상이 이래? 나 누군지 알잖아? 내 인생 알잖아? 나 어떻게 살았는지 잘 알잖아? 내 땀, 내 눈물, 내 피 다 봤잖아. 다 지켜봤잖아? 그러고도 이래? 이걸 결론이라고 내놔? 이걸 답이라고 내놔? 겨우 이런 꼴 보자고 나를 그렇게 부려먹었어? 겨우 이렇게 끝내자는 인생이었어? 이게 말이 돼? 이게 말이 되냐고.

다시 침수. 세 번째 무자맥질이 이어진다.

개인   내 가족, 내 행복, 내 꿈, 내 인생 누가 이렇게 만들어 놨어? 왜 한순간 물거품이 된 거야? 내 인생 파멸시킨 자. 나서라. 넌 누구냐? 행복한 내 세상 쑥대밭 만든 너. 나서라. 너의 정체는 뭐냐? 무슨 세상이 이래? 무슨 사회가 이래? 무슨 인생이 이래? 개판. 징그럽다. 에이, 역겹다. 정떨어져서 안 볼란다. 더러워서 더는 안 살란다. 좆같은 세상이여, 안녕.

역사   안녕. 안녕!

어느새 나타난 역사, 개인을 침수시킨다. 개인, 저항할 힘이 없다. 의식이 흐려진다. 아니, 또렷해진다.

개인   너, 넌 누구냐? 누구야, 너?
역사   네 아내.
개인   누구?
역사   서운해라! 네 마누라.
개인   웬 헛것.
역사   여보, 저예요. 아이 참. 그럼, 이 입술은 기억해요?

역사, 피하려는 개인의 머리를 부여잡고 억지로 입 맞춘다.

개인   당신! 당신이야?
역사   그래. 나야.
개인   어디 갔었어? 왜 갑자기 떠났어? 당신 없이 나 어떡하라고. 자식들마저 다 떠나고 나 당신 말고는 아무도 없는데, 불현듯 날 버리고 떠나면 난 어찌 살라고. 나 평생 당신만 보며 살아왔는데. 당신만 의지하며 살았는데.

역사 내가 떠났나, 네가 보냈지.

개인 무슨 소리야. 내가 왜 당신을 보내. 내가 왜 그런 바보 같은 짓을 해.

역사 그 짓 했어, 너. 바보 같은 짓.

개인 바보 같은 짓? 당신과 자주 눈 안 맞춘 것?

역사 너 남자잖아. 그런 기대 일찌감치 버렸어.

개인 자주 대화 안 한 것?

역사 아니. 그만하면 노력한 편이지.

개인 자주 눈 맞추며 대화 안 한 것?

역사 아니.

개인 눈 맞추며 자주 대화 안 한 것?

역사 아니.

개인 아, 알겠다. 자주 눈 안 맞추고, 자주 대화도 안 한 것.

역사 놀고 있다.

개인 내가 당신을 외롭게 했나?

역사 외로우니까 사람이라잖아.

개인 내가 밥을 굶겼나?

역사 배야 불렀지.

개인 내가 당신을 때렸나? 바람을 피웠어? 내가 도박을 했어? 내가 처가를 무시했나? 내가 돈 가지고 쩨쩨하게 굴었나? 내가 세인의 지탄을 받을 만한 무슨 부끄러운 짓이라도 했어?

역사   아니, 아니, 아니!

개인   그런데 왜?

역사   그보다 더 바보 같은 짓. 그보다 더 몹쓸 짓.

개인   그보다 더해? 그보다 더한 건 뭐지? 뭐가 있지.

역사   날 아내로만 여긴 것. 날 여자로만 본 것. 날 사람이라, 인간이라 조금도 생각하지 못한 것. 자식을 자식으로만 여긴 것. 자식을 사람이라, 인간이라 생각조차 하려 들지 않은 것. 가족을 자신의 부속품쯤으로 여긴 것. 자기 생각이 곧 법이다, 착각 한 것. 자신의 행동이 곧 정의다, 밀어붙인 것. 가족 위에 군림한 것.

개인   마누라가 사람이고 자식이 인간이지, 사람은 뭐고 인간은 또 뭐야?

역사   가족의 기대를 저버린 것. 너에 대한 존경심과 측은지심을 거둬간 것. 네 아내임이 부끄럽게 만든 것. 네 자식임이 부끄럽게 만든 것. 내 딸을 죽인 것. 내 아들을 내쫓은 것. 우리 가정을 파괴한 것.

개인   누가 죽여. 누가 쫓아내. 누가 파괴해? 남편이 부끄러웠다고? 아버지가 부끄러웠다고? 그게 평생 가족을 위해 몸 바쳐 온 남편에게 할 말이다. 그게 오직 자식만 바라보고 제 인생 포기한 아버지에게 할 말이다.

역사   그러니 바보지. 못 알아들으니 바보지.

개인	우리 집, 세상에서 가장 행복한 곳 아니었나? 우리 집, 세상에서 가장 평화로운 곳 아니었어?
역사	너만의 행복이었지. 너만의 평화였지.
개인	풍요로웠잖아. 마음껏 누렸잖아.
역사	우리 집 가난했다. 마음이 가난했다. 네가 좇는 행복 때문에 가족의 영혼은 황폐해졌다.
개인	헛소리하는 걸 보니, 당신 배불렀던 거 확실해.
역사	배부른 돼지 꼴이었지. 인간이 될 수 없었던 돼지들은 너 때문에 불행했다.
개인	불행했다고. 당신 심하다. 정말 심하다. 어떻게 나에게 그렇게 말할 수 있어? 나 당신을 위해 열심히 살았어. 가족을 위해 죽어라 일했어.
역사	너만 열심히 살았니. 다들 열심히 산다. 다 죽어라 일해. 아내는 노니? 자식은 저절로 크니? 밖에서 일하는 거 너무 생색내는 거 아니니. 가족부양? 그거 기본 아니니?
개인	뭘 더 해야 하는데? 뭘 더 바라는데?
역사	말귀도 못 알아듣는 너에게 뭘 더 바라겠니. 바란들 무슨 소용 있겠니.
개인	그런데 왜 찾아왔어? 뭐 하러 나타났어?
역사	배웅하러. 너 마지막 가는 길, 축하하러. 미련 없이 떠나보내려. 내 과거, 기억 깨끗이 지우려. 너와의 악연, 너와 함께 멀리 날려버리려.
개인	오, 잔인한 여자여. 그대가 정녕 내 아내였단 말인가. 그

대가 정녕 내가 사랑하는 여자였단 말인가. 그대가 정녕
내 아이들의 어머니였단 말인가.

역사 개자식.

개인 뭐라?

역사 여자. 아내. 어머니. 그리고?

개인 그리고? 그리고라니? 그리고라니?

역사 인간!

개인 그래. 내 사랑하는 여자. 내 아내. 내 자식들의 엄마.

역사 가라, 잘난 남자야. 어서 가라, 못난 남편아. 영영 가라,
못된 아버지야.

개인 꺼져라, 속 좁은 여자야. 꺼져라, 시끄러운 여자야. 참새
가 봉의 뜻을 어찌 헤아리리오.

역사 안녕, 봉. 안녕, 폭군. 안녕, 독재자. 너 보내고서야 나 자
유롭겠다. 너 가고서야 나 비로소 인간이겠다. 빨리 가
라. 어서 가자.

역사, 개인의 머리를 수면 밑으로 찍어 누른다. 개인, 저항한
다. 그렇게 무자맥질 이어진다.

개인 나는! 나는 인간이었는 줄 알아? 간, 쓸게 다 빼놓고 사
는 놈이 무슨 인간. 내가 이런데 자기들만 인간이겠다
고? 불만이라고? 남편이, 아버지가 왜 약해지는데? 아내
와 자식 없이, 지켜야 할 가족 없이 내가 비굴해질 일 뭐

있는데? 폭군? 독재자? 백성 섬기는 폭군 봤어? 백성 눈
치 살피는 독재자 봤어? 내 인생이 어떤 지경인데 인간
타령이야. 어떤 세상인데 인간 타령이야. 뛰어들어 봐.
그렇게 한가한가. 한 번 뒤섞여 싸워 봐. 그렇게 만만한
가. 세상 똑바로 보라고!

역사   똑바로 보되 겉만 보지 말고 속도 봐. 바깥만 보지 말고
안도 들여다봐.

개인   누구냐, 넌? 돌아온 마누라냐? 아직도 쏟아부을 저주가
남았더냐?

역사   네 아들이다.

사이.

개인   누구?

역사   아들. 네 아들.

개인   난 너 같이 생긴 아들 없어.

역사   아버지. 나야! 아버지 빼닮았다고, 판박이라고 흐뭇해하
시던 바로 그 아들이라고. 재롱둥이, 골목대장, 반장, 학
생회장, 가문의 미래, 아버지의 꿈, 바로 그 아들이란 말
이야. 아버지, 나 몰라보겠어?

개인   그렇구나. 자랑스러운 내 아들이로구나. 믿음직스러운 내
아들이로구나. 하나 밖에 없는 내 아들이로구나. 하하하.

역사   자랑스럽지 못해서 미안. 믿음직스럽지 못해서 미안.

개인   아들, 돌아왔구나.

역사   아니.

개인   내 아들, 돌아올 거지?

역사   아니.

개인   우리 아들. 외국 생활 힘들지 않아?

역사   여기보단 나아.

개인   사랑하는 아들, 잘 지내지?

역사   잘 지낼 수 있겠어?

개인   그럼 어서 돌아와.

역사   그래도 거기가 여기보단 나아.

개인   잘생긴 아들, 외롭진 않아?

역사   왜 안 외롭겠어.

개인   보고 싶은 아들, 돌아와.

역사   차라리 외로운 게 나아.

개인   내가 널 도울 수가 없잖니. 아들, 돌아와.

역사   네 도움. 그것 때문에 돌아올 수가 없어. 난 네 도움으로부터 탈출한 거야.

개인   부모가 무슨 재미로 살겠니. 자식 키우는 재미로 사는 거야. 부모의 도움에 대해 그렇게 부담을 갖다니. 역시 효자다, 내 아들. 부모의 사랑을 듬뿍 받아주는 것이야말로 효도 중의 효도. 부모에겐 그보다 더한 기쁨이 없단다, 아들.

역사   그간 충분히 효도했으니 이제 그만하려고. 아들 노릇 그만하려고. 너도 그만큼 효도 받았으면 이젠 그만 날 놔줘도 되지 않겠어.

개인 나 좋자고 이러는 거 아니잖아. 이 험한 세상에서 너 혼자 뭘 어쩌려고? 어떻게 헤쳐 나가려고 그래. 그 무시무시한 무한경쟁 어떻게 뚫고 나가려고.

역사 험하지 않은 세상을 만들면 되잖아. 살벌하지 않은 세상을 만들면 되잖아. 싫어, 무한경쟁.

개인 아들. 남자가 그러는 거 아니라고 했지. 능력이 있어야 한다고 했지. 강해야 한다고 했지. 뭘 하든 제일 앞서 나가야 한다고 했지. 무슨 수를 써서든 최고가 되어야 한다고 했지!

역사 난 네가 자랑스러운 아버지이길 바랬어. 존경스러운 아버지이길 바랬어. 강하고 능력 있는 아버지 말고, 따뜻한 아버지. 아버지 말고 그냥 사람. 다정한 사람, 편한 사람, 믿음직한 사람. 아니 불쌍한 사람이어도 괜찮아. 좀 능력 없는 사람이어도 괜찮아. 사람이면 돼. 그런데 넌 늘 아버지 뿐이기만 했지. 그저 아버지. 난 아버지가 싫어. 싫어졌어.

개인 안 돼, 아들. 아버지를 싫어하면 아들이 아니지. 착한 아들 아니지.

역사 나 착하고 싶지 않아. 내가 너무 착해 널 망친 거 같아, 싫어.

개인 아들. 나 같은 아버지 세상에 없다.

역사	다행이야. 세상 아버지 다 너 같을까 걱정했는데.
개인	너 잘못 생각하는 거야. 판단 착오야.
역사	내 단짝 친구 알지? 게네 아버지 잘 알지?
개인	누구?
역사	네 회사 동료.
개인	동료 누구?
역사	잊었어? 외면하고 싶지? 부정하고 싶지?
개인	또 그 얘기. 또 그 자식 얘기. 그럼 알지. 배신자를 내가 어떻게 잊겠어. 그런 의리 없는 새끼를 어떻게 잊겠어.
역사	그 아버지가 뭐라 말했는지 들었지?
개인	힘들었다고?
역사	그거 말고.
개인	정의? 공익?
역사	그거 말고.
개인	괴로웠다고? 더는 참을 수 없었다고? 보고만 있을 순 없었다고?
역사	그거 말고.
개인	역사적 결단?
역사	그거 말고.
개인	나를 밟고 가라? 나를 잡아들여라? 나는 기꺼이 내 죗값을 치를 각오가 되어 있다?
역사	그거 말고.
개인	그 잘난 새끼가 또 어떤 멋진 말을 했는데? 그 멋진 새끼

146

가 또 어떤 화려한 수사를 동원했는데?

역사 자식에게 부끄러워지고 싶지 않다잖아. 떳떳한 아버지 되고 싶다잖아. 자식 얼굴에 먹칠하고 싶지 않다잖아. 가족 명예에 똥칠하고 싶지 않다잖아.

개인 반성? 일 저질러 놓고 도피하는 약해 빠진 새끼. 가족? 자기 합리화하려는 치사한 새끼. 그 새끼 저 처먹을 건 벌써 다 준비해 뒀을걸. 저 혼자 투사인 양 거들먹거리는 새끼. 저 혼자 맑다, 양심 타령하는 가증스러운 새끼.

역사 불쌍한 새끼.

개인 뭐라?

역사 반성이라도 할 줄 알면 불쌍하지나 않지.

개인 반성은 잘못한 자들이나 하는 거야. 후회는 실패한 자들이나 하는 거야.

역사 후회라도 있으면 변화 가능성이라도 있지.

개인 뒤돌아보지 마라. 반성하면 약해진다. 후회하면 진다.

역사 난 학교에 갈 수가 없었다. 친구들을 볼 수 없었다. 자꾸 내 눈치를 살피더라. 자꾸 눈치를 주더라. 네 아버지는? 네 아버지는? 따져 묻더라. 죽고 싶더라. 창피해서 못 살겠더라. 내가 한 일도 아닌데, 내가 그런 것도 아닌데. 정말 부끄럽더라. 네 일에 내가 죽겠더라. 가족이 하나인 줄 알겠더라. 공동운명체인 줄 알겠더라. 네 아내, 내 어머니. 그때 많이 혼란스러워하시더라. 많이 후회하시더라. 많이 반성하시더라. 네 딸, 내 누이. 그 일로 그리된 거 나도 안다. 네 생각해서 모르는 체했을 뿐.

개인 자식이 부모 마음 어찌 알겠니. 딸 염려하는 아버지 마음, 어떻게 헤아리겠니.

역사 그러는 너는 자식 마음 얼마나 헤아리는데? 들을 귀는 있니? 들을 마음은 있니? 우리도 너에게 신호 보낼만큼 보냈다. 차마 대놓고 뭐라 할 수 없어서. 네 입장 생각해서.

개인 억울한 자여, 그대 이름은 부모로다. 고독한 자여, 그대 이름은 아버지로다.

역사 억울하기도 하겠구나, 생각해. 네가 불쌍해지기도 해. 아, 얘도 아버지를 잘못 만났구나. 아버지에게서 잘못 교육받았구나. 네 마음 몰라준다고 너무 서운해하지는 마. 널 증오하지는 않으니까. 미워하지도 않아. 다만 널 떠나야겠구나, 생각했을 뿐이야. 네 품 안에 머물러서는 영영 제정신 못 차리겠구나 하는 생각을 했을 뿐이야. 내 아버지에겐 배울 게 없구나, 잘못하다간 영 엉뚱한 길로 갈 수도 있겠구나. 진정한 성장은 아버지를 떠나는 데서 시작되는구나 하는 생각을 한 것뿐이야. 너 마지막 가는 길이라기에 와 봤어. 정말 가나. 너 가면 나 돌아올 거야. 네 바람대로는 아니고, 내 계획대로. 일단 네가 빼준 병역문제부터 해결해야 하지 않을까 생각중이야. 대체복무를 신청해 볼 생각이야. 총 들고 살인기술 훈련하는 건 싫거든. 받아들여질까는 모르겠고.

개인 널 두고 나 못 가겠다. 계획 변경해야겠다.

역사	계획대로 해. 어서 가. 뭘 망설여 너답지 않게. 평소 너답

역사　계획대로 해. 어서 가. 뭘 망설여 너답지 않게. 평소 너답
　　　게 앞만 보고 가.

개인　아들, 아버지 없이 잘 해낼 수 있겠어? 나 없이 행복하
　　　겠어?

역사　너 없어야 잘 될 것 같아. 네가 사라져야 행복해질 것
　　　같아.

개인　그럼 가야겠다. 내 아들을 위해서.

역사　고마워.

개인　안녕, 아들.

역사　안녕, 아버지.

역사, 미련 보이는 개인을 야멸차게 수면 아래로 밀어 넣는다.
잠시 침잠. 개인, 거친 숨을 몰아쉬며 솟구친다.

개인　아들… 아들… 아들…

아들을 부를 때마다 무자맥질의 벌칙이 수행된다.

개인　난 밥상머리에 앉아 자랑스럽기만 했겠니? 편하기만 했
　　　겠니? 누군 떳떳하고 싶지 않았겠니? 누군 존경받고 싶
　　　지 않았겠니? 내가 눈이 없어 못 봤겠니, 귀가 없어 못
　　　들었겠니? 내가 양심선언하면? 자랑스러운 남편, 존경스
　　　러운 아버지? 그거 며칠이나 갈 것 같아? 곧 입 나올걸.

또 다른 눈치 줄걸. 배고프다, 아우성칠걸. 아버진 그걸
안다. 그래서 안 한 거야. 못한 게 아니고 안 한 거라고.
자신의 명예와 안락보다 가족의 안위를 지켜야 하는 사
람, 그게 아버지다. 그게 가장의 도리다. 알겠느냐, 아들?
알아듣겠어, 잘난 아들?

역사　　아들은 갔다. 벌써 떠났다.

개인　　매정한 놈.

　　　　사이.

개인　　그런데 넌 누구?

역사　　나.

개인　　나? 누구?

역사　　네가 가장 보기 싫어하는 사람. 아니, 네가 가장 보고 싶
어 할 수도 있겠구나. 알아보겠어?

개인　　넌…

역사　　아빠.

개인　　아!

역사　　그래. 나야.

개인　　오, 사랑스러운 내 딸.

역사　　그래, 사랑스러운 네 딸이야.

개인　　아, 불쌍한 내 딸.

역사　　괜찮아. 그렇게 불쌍해할 것까진 없어. 그것도 한 인생이

다, 생각해.

개인 내 인생의 햇살. 우리 집안의 웃음꽃.

역사 미안해. 햇살 너무 일찍 걷혀서. 나도 아쉽긴 해, 웃음꽃 너무 일찍 꺾인 거.

개인 왜 왔어? 어떻게 왔어? 돌아가.

역사 얼마 만에 보는 건데 가래. 어떻게 찾아온 딸인데 가래. 날 그리워하지 않았던 거야? 보고 싶지 않았던 거야? 미안해서 그러는구나.

개인 아니라고 말해 줘. 너 그렇게 된 거 나 때문이 아니라고 말해 줘. 들리지? 보고 있지? 널 죽인 게 나라고. 아버지가 딸 죽였다고 수군대는 소리. 아니라고 말해 줘. 오해라고 말해 줘.

역사 세상 사람들. 아니에요. 애가 그런 거 아니에요. 어느 아버지가 딸을 죽이겠어요. 세상 어느 아버지가 사랑스러운 딸에게 해코지하겠어요. 절대. 절대 그런 일 없습니다. 직접이든 간접이든 딸을 불행하게 만들 저의를 품은 아버지가 있다면, 그건 인간도 아니죠. 개만도 못하죠. 호호호!

개인 하하하. 들었지? 봤지? 난 아냐. 난 아니라고. 하하하. 하하하.

역사 그 사람. 그 사람 어디가 그렇게 싫었어? 뭐가 그렇게 못마땅했어? 그만하면 훌륭하지 않아?

개인 훌륭하지. 너무 훌륭하지. 감당할 수 없을 만큼 훌륭하지.

역사	찔려서? 네 진정한 모습을 비춰주는 거울 같아서?
개인	그 비아냥거리는 말투가 싫어서. 짐승 보듯 멸시하는 눈이 싫어서. 무시하는 듯 뻣뻣한 태도가 싫어서.
역사	알량한 자격지심.
개인	그놈은 우리와 피가 달라. 너와는 태생이 달라.
역사	그만큼 순수해. 그만큼 정직하고 의로워. 그래서 존경스러워. 사랑하는 사람이 존경스럽다는 게 뭔지 알아? 사랑하는 사람을 존경할 수 있다는 게 뭔지 알아? 나 그 남자를 존경했다고.
개인	자기를 멸시하는 놈에게 제 딸을 줄 정신 나간 아버지가 세상에 어디 있어? 내 딸을 사랑한다면 내 앞에 간이라도 떼어 바칠 일이지. 어디서 부도덕, 비양심, 무책임 운운이야. 그놈 심보가 딸 맡기려면 집안 쇄신부터 하라는 거잖아. 건방진 놈. 분수도 모르는 놈. 적반하장도 유분수지. 너 같으면 네 자식 주겠다.
역사	난 영광이라 생각했어. 그런 나를, 그런 아버지 딸을 사랑하다니. 그 사람 참 너그럽다, 그 사람 참 진솔하다, 그놈 참 멋지다 생각했어.
개인	영악한 거지. 맘에 안 드는 집안과 혼사 치르려는 건 숨겨진 저의가 있는 거지. 은밀한 계산이 있는 거지. 그런 놈, 여자 행복하게 못한다.
역사	세상 사람이 다 너 같지? 세상 사람이 다 도둑, 사기꾼 같지? 진실 따윈 안중에 없지? 뭐 눈엔 뭐만 보인다고.

개인	널 너무 순진하게 키운 내 탓이다.
역사	네 밑에서 어떻게 순진한 자식이 나오겠니? 솔직하지 못한 거 나였다. 언감생심. 욕심을 부린 건 나였다. 그래서 내가 포기한 거다. 그가 날 저버려서 내가 이렇게 됐다고 우기지 마라. 오해하지 마라. 네가 그를 협박해서 그가 손들었다고 착각하지 마라. 그는 신실했다. 그는 사랑에 충실했다. 그는 결코 네 공갈에, 조작된 폭력에 굴하지 않았다. 그따윈 나도 두렵지 않았다. 내가 더는 살 수 없었던 이유는 그 사람 보기 민망했기 때문이다. 내가 더는 내 꿈을 고집할 수 없었던 이유는 그 사람 앞에서 얼굴 들기 부끄러웠기 때문이다. 사랑하는 사람 앞에 선 내가 너무 초라했기 때문이다.
개인	네가 왜? 네가 뭐가 부족해서?
역사	너 때문에. 네가 내 아버지라는 거 때문에. 네가 내 아버지라는 게 견딜 수 없이 부끄러워서.
개인	결국은 내 탓이로구나. 딸 사랑하는 아버지 탓이로구나.
역사	알면서. 잘 알면서. 어쩌면 그렇게 태연해? 어쩌면 그렇게 잘 견뎌?
개인	태연하지 않으면, 잘 견디지 않으면. 너 따라가야 했을까? 남은 마누라, 아들마저 버려야 했을까? 지금 가잖아. 가려고 하잖아. 너무 늦어서, 서운해서 찾아왔니? 빨리 오라고? 빨리 가자고?
역사	날 찾아오지는 마. 보기 싫어 떠났는데 또 같이 있으려고?

개인 그럼 뭣하러 왔는데? 왜 다시 와서 염장을 지르는데?

역사 아직 따질 게 남아서.

개인 자진 퇴장한 주제에 무슨 자격으로 따져.

역사 어떻게 그럴 수 있어? 날 위해서라도, 스스로 인생을 포기한 날 생각해서라도 그 사람에게 그러면 안 되지. 그래도 난 널 생각해서 양보했구먼, 내 목숨과 바꾼 사랑이구먼. 그렇게 밟아 뭉개나? 그렇게 내 진심을 몰라주나? 딸의 신념을 그렇게 무시하나.

개인 그게 네가 증오하는 아버지다. 네가 그렇게 못마땅해하는 아버지 성격이다.

역사 네 성질 못된 거 인정하는데, 그래도 숭고한 사랑에 대해 더러운 복수의 칼을 들이미는 건 비인간적이지 않아? 사랑인데. 그래도 사랑인데.

개인 사랑. 사랑! 사랑? 하하하.

역사 세상에서 가장 큰 죄는 사랑을 비웃는 죄다, 믿는 딸이 사랑을 조롱하는 아버지에게 주는 선물이다. 가자. 널 세상에 뒀다간 나처럼 사랑 때문에 상처받는 사람, 아주 많겠구나. 차라리 내가 한 번 더 죽자. 내 너 꼭 끌어안고 놔주지 않으련다.

역사, 물속에 뛰어들어 개인을 끌어안고 함께 잠수한다. 개인의 무자맥질이 처량하다.

개인   딸이 어떻게 아버지 마음을 알아? 딸이 어떻게 애틋한 아버지의 심정을 알아?

역사   아버지니까 순진한 딸의 마음 좀 알아주지. 아버지니까 사랑에 빠진 딸의 행복한 꿈 좀 헤아려주지. 딸의 인생이니 그냥 좀 인정 좀 해 주지. 자식에게 좀 저주지.

사이.

개인   넌 누구냐?

역사   어험! 네 아버지다.

개인   아버지?

역사   그래, 네 아버지.

개인   오, 내 아버지. 무책임했던 그 아버지?

역사   자유를 인정한 관대한 아버지. 자립을 가르친 지혜로운 아버지.

개인   비겁자. 유산이라곤 가난밖에 물려준 게 없는 무능력자.

역사   아버지를 배반한 건 너였어. 아버지 인생을 헛되게 한 건 너였다.

개인   구차한 변명.

역사   쉬운 길을 찾은 건 너였어. 어려운 길을 회피한 건 너였다.

개인   비겁한 책임 전가. 당신은 낙오자야. 당신은 실패자야. 아버지? 아버지! 당신이 아버지라고?

개인, 역사를 잡아 물속에 처박는다. 울음과 웃음이 뒤섞인 개인의 "아버지"라는 외침 속에 역사의 무자맥질이 계속된다.

역사 이 무슨 짓이냐? 아버지에게 무슨 배은망덕한 짓이야.

개인 아버지니까. 너도 아버지니까. 나를 이렇게 만든 아버지니까. 너도 나 같은 아버지니까. 너는 내게 인간이 아니고 아버지니까. 그냥 아버지니까.

역사 위로하러 온 아버지, 만류하러 온 아버지 또 배척하는구나. 또 밀어내는구나. 그래 죽자. 못난 아버지와 함께 죽자. 내가 뿌렸으니, 내가 망쳤으니, 내가 거두자. 내가 데려가자.

역사, 물속에서 나온다. 언제 눌렸냐는 듯 힘 안 쓰고 자유롭게 일어선다. 그리고는 전세 역전. 개인을 물속에 다시 처박는다.

역사 한 번 죽은 아버지가 다시 죽겠느냐. 살아 있는 네가 죽을 차례다. 그래, 그렇게 원한다면 네 아비 따라오너라. 가자, 내 아들.

개인의 무자맥질이 반복된다.

개인 제대로 가르쳐주든가, 제대로 보여주든가. 아버지 노릇하기 얼마나 힘들었는데. 좋은 아버지 되려고 죽고 싶어도 죽지 못했는데. 뭐가 이리 복잡해. 뭐가 이리 비참해. 그래서 아버지 자리 반납한대잖아. 가장 그만두겠다잖아. 다 끝내는 마당에 왜들 이래, 정말.

역사 허허! 아직 안 끝났나 보지. 아직 멀었나 보지. 끝장내는 마당에 정리할 것 다 정리하고 가는 것도 나쁘지 않을 것 같은데.

사이.

개인 넌 또 누군데? 무슨 볼일이 있어 왔는데?

역사 나야. 네 친구.

개인 친구?

역사 그래, 반갑다 친구야.

개인 친구는 본래 반갑지. 반가워야 친구지. 친구야, 반갑다.

역사 반갑지, 친구야?

개인 반갑긴 한데, 우린 어떤 친구지? 언제 적 친구지?

역사 날 못 알아보다니 섭섭한데.

개인 미안, 미안. 알 것도 같은데, 그래 누구더라.

역사 에이, 어떻게 자기가 죽인 사람도 못 알아보냐.

개인 누구?

역사 나.

개인 아!

역사 괜히 찾아왔나 보다. 네 마지막 날이라기에. 말끔히 정리

	좀 해줄까 했지. 괜한 오지랖이었나.
개인	그 눈빛.
역사	그래 그날 거기. 푸른 제복 입고 총구 겨누던 때. 눈 마주 친 우리, 내가 피식 웃었잖아. 쏘지 말아 달라는 간절한 부탁이었어, 그 눈길. 외면하더라. 탕! 쏘더라.
개인	제병들, 전체 사격준비! 사격! 사격! 사격!
역사	사격!
개인	나는 군인이다! 국가와 민족을 위해 목숨 바쳐 싸운다! 군인은 명령에 죽고 명령에 산다!
역사	알아. 나도 군대 갔다 왔어. 베테랑이야.
개인	그런데 뭘 어쩌라고? 나더러 뭘 어쩌라고.
역사	나 너 이해해. 우리 같은 일개 사병에게 무슨 다른 방도 가 있었겠니. 까라면 까고 박으라면 박는 거지. 쏘라면 쏘고 죽이라면 죽이는 거지. 나도 참 많이 박아봤다. 많 이 기어봤다. 좆뺑이야 군인들의 일상 아니겠냐.
개인	알면서, 이해한다면서 왜 찾아와? 인제 와서 뭘 어쩌라 고 옛일을 상기시켜? 그래, 좋다. 너도 나 물고문이나 하 고 가라. 내가 그거라도 당해주마. 그거 생각만큼 쉽지 않다. 죽을 맛이다.
역사	친구야. 난 너 물고문 따위 시키고 싶지 않다.
개인	친구야, 친구야 하지 마라. 무슨 욕을 그렇게 고상하게 한다니.
역사	친구야, 난 그래도 네가 꽃이라도 한 다발 사 들고 찾아

올 줄 알았다. 소주 한 잔, 담배 한 개비라도 불붙여 놓고 맞담배질하면서 불편한 마음 털어놓을 줄 알았다.

개인 너 때문에 내가 피울 담배도 부족했다.

역사 여기.

역사, 담배를 던져준다. 개인, 물에 젖은 담배 입에 문다. 역사, 불을 붙인다. 그러나 어찌 불이 붙겠는가.

역사 그거 봐라. 담배는 네가 내게 주는 거지. 피차 담뱃불 붙여줄 형편 못 되니 우리 피웠다 치자.

개인 폭풍전야로다. 허허.

역사 허허. 나, 너 불쌍했다. 너나 나나 시대를 잘못 타고나 불운을 같이 한 청춘 아니더냐. 그래서 빨리, 가능한 한 빨리 용서해야지 생각했다. 그런데 너무 힘겨웠나 보더라. 날 찾아오려고 몇 번 집을 나섰던 거 알아. 끝내 못 오더라. 딴 대로 새더라. '나 아직 너에게 가지 못한다.' 중간중간 네 일기장에 등장하던 글귀를 엿보며 위안도 삼고 기대도 했는데. 어느 날부턴가 아주 완벽히 사라졌더라. 그러더니 완전히 외면하더라.

개인 외면하지 않으면? 힘들기밖에 더하겠니, 미치기밖에 더하겠니? 명령에 반역한 자는 반역한 죄로 징계받고, 그 징계로 자유를 얻었건만, 거역하지 못한 나 같은 무지렁이들은 이승이 지옥일 수밖에. 후회와 죄의식 그리고 부끄러움. 그보다 더한 억울함. 뭐가 좋아 기억하겠니, 어디다 쓰려고 보존하겠니!

역사   그 자괴감, 그 열패감에서 벗어날 수는 없었니? 그 힘으로 세상을 조금이라도 바로 잡아보자는 생각은 불가능했니?

개인   그런 삶의 태도가 더 손가락질당하는 세상이라는 건 안 보이니? 반성이 불가능한 사회다. 반성마저 금지된 사회야. 잘 알잖아.

역사   살았으니 저항 좀 하지. 살았으니 좀 바꿔보려 노력하지. 죽였으니 그 정도 고통은 감수 좀 하지. 이래도 힘겹고 저래도 힘들 거, 좀 긍정적 생각을 갖지. 적극적 자세를 갖지.

개인   다행히 짐을 벗을 길을 찾았다. 널 그냥 잊었겠냐.

역사   그랬구나. 불행 중 다행이다, 친구야.

개인   용서받았다, 다른 친구로부터.

역사   널 용서하고 위로하려 했던 내가 멋쩍다, 야.

개인   너에게 미안하긴 한데, 너보단 그에게 용서받는 게 쉽겠더라.

역사   그? 누구?

개인   너보다 통 큰 분, 아량 무한하신 분.

역사   아, 누군지 알겠네.

개인   너도 잘 알지?

역사   그럼 잘 알지. 중간상인. 안 끼는 데 없지. 안 챙기는 데

없지.

개인	그러지 마, 큰일 나.

역사	죽은 놈이 큰일 나 봤자지.

개인	그런가.

역사	친구야. 나 비겁한 네가 좀 야속하긴 한데, 그냥 보내줄게. 우린 생애의 가장 긴박한 순간에 생명으로 맺어진 인연이니까. 친구야. 불쌍한 친구야. 나에 대한 부담은 네인생에서 제해줄게. 가볍게 잘 가라.

개인	고맙다, 친구야. 날 이해해주니 네가 진짜 친구다.

역사	안녕, 친구. 한세상 고생했다.

개인	안녕. 우리 다시는 보지 말자.

역사	그래. 다시는 만나지 말자.

역사, 개인을 물속에 처박는다. 개인의 무자맥질이 반복된다.

개인	치사한 놈. 친구라며 거짓말이냐. 돌아서기 무섭게 배신이냐. 하긴 용서가 쉽겠냐. 용서가 되겠냐.

역사, 다시 개인을 물속으로 찍어 누른다. 또 한 번의 무자맥질이 이어진다.

개인	친구야, 그만해라. 물 많이 먹었다.

역사	더 처먹어야 돼. 심장이 터지도록 처먹어야 돼.

개인   이제 넌 친구도 아니다.

역사   왜? 통 큰 친구라며. 아량 무한한 친구라며.

사이.

개인   누구냐, 넌?

역사   네 친구.

개인   또 친구? 내가 죽인 사람 또 있었나? 눈 마주친 그 친구 말고 또 있었나? 겁에 질려 마구 날린 총탄에 여기저기 의미 없이 막 쓰러졌나. 그럼 넌 어디서, 어쩌다 총 맞은 친구?

역사   아니, 아니. 너의 신실한 친구, 영원한 친구.

개인   그런 친구… 없는데.

역사   없긴. 나야 나. 네가 그렇게 열심히 섬긴다는 신. 네 하느님.

개인   하느님? 진정 하느님?

역사   으흥.

개인   아니 그런데 하느님이 어찌 사랑하는 친구에게 물고문을?

역사   심술 한 번 부려봤어.

개인   오, 내 친구. 나의 구세주. 잘 왔네, 친구. 날 좀 도와줘야 겠어. 내 소원 좀 들어줘야겠어.

역사   그거야 내 일상. 소원을 말해 봐. '소원을 말해 봐!' 히히히.

개인　위로. 아니 지금 그게 필요한 게 아니지. 그러니까, 내 뒤를 좀 봐줘. 내 행적을 좀 깨끗이 정리해 줬으면 해.

역사　안 돼.

개인　왜, 왜 안 돼? 너한테 안 되는 게 어디 있어.

역사　못해.

개인　네가 못하는 게 뭐 있어.

역사　그건 하느님 아니라 누구래도 못해. 해서도 안 돼.

개인　친구 좋다는 게 뭐야.

역사　날 네 뒤치다꺼리나 하는 존재로 보는 거야?

개인　아니면? 내가 네게 뭐 하러 그렇게 공을 들이는데? 평소엔 만사 오케이더니, 뭐야 이제 막판이라는 거야? 끝이라는 거야? 더는 뜯어먹을 것 없다는 거야?

역사　무슨 망언이야. 친구 사이에도 지켜야 할 예절이 있는 법이다.

개인　여태 그래 왔잖아. 잘 받아 처먹어 왔잖아. 인제 와서 웬 오리발.

역사　그랬다면 오해했거나 속았거나.

개인　오해했다면, 오해하게 만든 건 너, 속았다면 날 속인 것도 너.

역사　지랄. 그게 왜 내 탓이니. 인간 속이는 인간이 있으면 있지, 인간 속이는 신 있겠냐.

개인　그럼, 내게 둘도 없는 친구인 양하던 그 잡것들은 다 뭐야.

역사　그 잡것들 나무라지 마라. 그것들도 다 속을 자세가 된 놈들만 속인다. 속기를 간절히 원하는 사람들만 속여. 결국, 널 속인 작자는 바로 너란 말이다. 너한테 완전히 속을 사람 너밖에 없단 말이다. 눈 가리고 아웅. 네 연기가, 네 위장이 잡것들을 키우고 잡것들을 가지고 놀아왔단 말이다. 머리가 있으면 생각 좀 해 봐라. 무슨 신이 그렇게 허술하냐. 무슨 신이 그렇게 물렁해? 무슨 신이 그렇게 치졸하고 쩨쩨하고 뇌물이나 밝히고 부화뇌동하고 공갈 · 협박이나 일삼고… 에이, 지랄. 어떤 신이… 날 뭘로 보고. 어딜 봐서 내가 징징거리기나 하겠냐. 내가 어딜 봐서 편들기나 하고 패싸움이나 조장하겠냐. 내가 동네 양아치도 아니고… 씨발. 야, 무섭지도 않은 게 신이야? 자존심도 권위도 위엄도 없는 게 신이야? 그리고 어떤 신이 그렇게 말이 많아 매일 밤낮으로 바쁜 사람 불러다 놓고 이래라저래라 주둥아릴 놀려대겠냐. 무슨 신이 말이 필요하겠냐? 그게 신이냐. 네 생각엔 그따위가 신이야? 내가 그렇게 보이냐? 내가 그렇게 형편없어 보이냐?

개인　그래. 내가 아는, 내가 믿는 신이 딱 그거야. 딱 너야. 난 인간적인 신이 좋아. 너 같은 친구가 좋아. 날 닮아서 위로돼. 의지가 돼. 정의로운 신? 위엄 있고 공명정대하고 불편부당한 신? 보편적이고 상식적인 신이 내게 무슨 소용이람. 난 날 이해해주고 응원해주고 위로해주고, 무조

건 내 편이 되어주는 나만의 친구, 나만의 신이 필요해. 모두의 친구는 그 누구의 친구도 아니다. 네 친구는 내 친구가 될 수 없다. 공평한 신은 있으나 마나 한 신이다. 보편적인 신은 있어도 그만 없어도 그만이다. 편들지 않는 신은 신이 아니다. 내 편 들지 않는 신은 내겐 아무것도 아니며 나와는 아무런 상관없는 존재다. 하느님이 있다면 오직 나의 하느님만 있을 뿐.

역사 그래서 세상이 신들의 시장, 신들의 전쟁터로다.

개인 친구야, 뒤를 부탁한다.

역사 친구야, 너보다 내가 죽어야겠다. 너보다 내가 먼저 자살해야겠다.

개인 내 소원을 들어줄 수 없다는 거지? 내 친구가 되어줄 수 없다는 거지? 그래, 그렇다면 나도 네가 필요 없어. 네가 사라진다 해서 아쉬울 거 없어. 가라. 꺼져라. 너도 정리해야 할 내 뒤끝 중의 하나가 됐구나. 그동안 오해해서 미안했다. 이별하는 마당에 이해해라.

역사 신이여, 인간세계로 추락한 신이여. 어서 인간에게 세례 받고 새로운 신이 되자. 친구, 날 죽여주게.

개인 그래 친구. 잘 생각했어. 친구도 생각 바뀌어야 돼. 변해야 돼. 잘 가게, 친구.

개인, 역사를 물속에 처박는다. 역사, 무자맥질한다. 그렇게 반복하길 몇 번이 지났을까, 갑자기 역사가 힘을 내 상황을 역전시킨다. 다시 개인의 무자맥질이 반복된다.

개인 아, 씨. 그만해라. 죽기 전에 불겠다. 불어서 죽겠다. 그만
하자. 그만 좀 하자고. 죽여 달라며? 세례받겠다며?

역사 내가 언제? 내가 왜? 네가 뭔데 나에게 세례야.

사이.

개인 넌, 넌 누구냐?

역사 네 이웃이다.

개인 이웃? 이웃이 한둘이냐. 이웃 누구?

역사 가까운 이웃. 나 모르겠어? 못 알아보겠어?

개인 이웃이라며? 왜 이렇게 낯설어. 당신 내 이웃 맞아?

역사 젠장. 네 윗집 사람이다.

개인 아, 윗집. 그러고 보니 그런 거 같네. 그러네.

역사 그렇긴 뭐가 그래. 네 아랫집 사람이야.

개인 아, 맞다. 하하. 그러네. 아랫집 사람이네.

역사 에이. 실은 옆집 사람인데.

개인 옆집? 오른쪽? 왼쪽?

역사 앞 동 오른쪽. 아니 왼쪽.

개인 앞 동 왼쪽. 이웃. 어디까지 이웃인데? 누가 이웃인데?

역사 나, 네 집에 우유 배달하는 사람. 신문 배달하는 사람. 보
쌈 족발 피자 치킨 배달하는 사람. 네 밥상에 오르는 물

고기 잡는 사람. 농사짓는 사람. 네 넥타이 와이셔츠 세탁해주는 사람. 네 구두 닦아주는 사람. 네 차 닦아주는 사람. 네 집 청소부. 네 아파트 방범, 경비. 동네 구멍가게 주인. 네 동네 환경미화원. 네 동네 교통경찰. 네 동네 마을버스 운전사. 주민자치센터 호적계원. 나, 너랑 같은 길 걷는 사람. 같은 공기 마시는 사람. 같은 하늘 보는 사람. 같은 눈비 바람맞는 사람. 너와 같은 절, 같은 교회에서 절하고 기도하는 사람. 너랑 같은 물 마시는 사람. 나, 너에게 새치기당해 억울한 사람. 사기당해 망한 사람. 너에게 밀려서 실패한 사람. 너를 한 번도 이겨본 적 없는 사람. 너의 성공 때문에 절망한 사람. 네 가족을 부러워하는 사람. 나, 너와 생각이 같은 사람. 너와 생각이 다른 사람. 어떤 때는 같았다가 어떤 때는 다른 사람. 나, 네 친구의 친구. 네 아들의 친구의, 친구의 아버지. 네 딸의 친구의 동생의 친구의 엄마.

개인   아, 그 사람들이 이웃이구나.

역사   나, 심장 치료비 없어 신장 떼어 판 사람. 성적 비관해 학교 옥상에서 떨어져 죽은 학생. 직업병 얻어 쫓겨난 네 회사 하도급 공장 비정규직 노동자. 정리해고로 가족으로부터 정리당하고 이 역 저 역 쫓겨 다니는 노숙자. 나…

개인   결국, 이웃, 나와 상관없는 사람들이란 말이잖아. 이웃이라기엔 너무 멀어.

역사	외면하지 마. 회피하지 마. 울타리 치지 마. 담쌓지 마. 성 둘러쌓지 마.
개인	그런 이웃 필요 없어. 이웃 별거 아니네.
역사	허. 전부란 말이지. 너의 전부. 공기, 물, 밥, 옷, 집…
개인	억지. 궤변.
역사	당연한 이치. 상식.
개인	그런데, 나의 전부 되시는 대단한 이웃께서 내겐 무슨 볼 일? 뭘 또 귀찮게 하시려고?
역사	이웃이 이승 하직하는 순간을 모른 체할 수 있나. 그건 이웃으로서의 예의가 아니지.
개인	그런 배웅 필요 없다고. 원치 않는다고.
역사	마중과 배웅이 없으면 이웃이 아니지.
개인	남이야 뭘 하든 내버려 두라고.
역사	내버려 두라고 내버려 두면 이웃이 아니지.
개인	남의 인생 참견하지 말라고.
역사	참견하지 말라고 참견하지 않으면 이웃이 아니지.
개인	안타까워하지도 않잖아. 측은해하지도 않잖아.
역사	안타깝지 않으면 고소해라도 하는 게 이웃이지. 칭찬할 것 없으면 욕이라도 하는 게 이웃이지. 나 몰라라 하면 이웃이 아니지.
개인	잘난 이웃 때문에 어디 편히 살겠냐.
역사	편하게 내버려 두면 이웃이 아니지. 귀찮게 하는 게 이웃 이지.

개인	이웃 등쌀에 죽겠다.
역사	이웃 등쌀 덕에 사는 거지. 이웃이 살리는 거지. 이웃 없이는 못 살지. 혼자서는 절대 못 살지.
개인	나 오늘로 끝이다. 내 이웃이 아무리 심심하대도 더는 내게 할 일 없다. 이웃 필요 없다.
역사	저승도 이웃만 있으면 살만할걸. 이웃만 있으면 견딜 만할걸. 이웃 없는 곳이 지옥일걸.
개인	저승까지 동행해 주시려고? 황공스럽기도 해라.
역사	황공하지? 고맙지? 그런 이웃을 너무 무시했어, 너. 그런 이웃에게 너무 무심했다고, 너. 그런 이웃에게 너무 무례했어. 너무 실수가 잦았어.
개인	그래서 계산하자고? 저승으로 전역하는 날, 환송 대신 보복이라도 하겠다고? 마음대로.
역사	지금이라도 친해 두려고. 나도 머지않아 너 따라 저승 갈 테니까. 인간이라면 피할 수 없는 운명이니까. 우리 거기서 이웃으로 다시 만나야 하니까. 그래서.
개인	짝사랑도 유분수지.
역사	모든 사랑이 다 외사랑이더라.
개인	그런 사랑이라면 난 거절이다. 그건 폭력이다.
역사	사랑, 그거 마음대로 안 되는 거다. 사랑, 어쩔 수 없이 폭력이다.
개인	그래서? 그래서 어쩌겠다고?
역사	폭력 좀 써야지. 별수 있겠어.

개인   물 좀 먹이겠다고?

역사   조금? 그거로 되겠어? 아주 많이.

개인   하느님보다 더 지독한 인간들. 하느님보다 더 끈질긴 이
웃들. 징그러워. 정떨어져.

역사   정 좀 붙이자. 같이 사는 법 좀 배우자.

역사, 개인을 물속으로 찍어 누른다. 깊이 담근다. 쉽게 꺼내
주지 않는다. 필사적 무자맥질이 몇 번이고 반복된다.

개인   엄마. 엄마.

사이.

역사   누구?

개인   엄마. 나 무서워. 여기 너무 무서워, 엄마.

역사   나? 엄마?

개인   엄마. 나 좀 도와줘. 나 좀 살려줘. 나 더 있다 갈래. 나 더
놀다 갈래. 죽는 거 싫어. 나 혼자 죽는 거 너무 외로워.
무서워.

역사   나, 네 엄마 아니다.

개인   엄마, 나랑 같이 있어야 돼. 어디 가면 안 돼.

역사   나, 네 엄마 아니래도. 잘 봐.

개인   엄마, 왜 그래. 우리 엄마 맞잖아. 내 엄마 맞잖아.

역사　미친놈! 내가? 잘 봐. 내가? 내가?

개인　으앙!

역사　네 편 들어줄 사람 없다. 기댈 사람 없다. 가자.

개인　우리 엄마는, 내 엄마는 어디 갔어? 왜 안 와?

역사　네가 다 뜯어먹었잖아. 뼈까지 다 갈아먹었잖아. 영혼까지 다 마셔버렸잖아. 엄마는 안 오신다. 네 어머니, 못 오신다. 떼써봐야 소용없어. 울어봐야 배만 고파져. 가자. 그만 가자.

개인　엄마. 엄마.

역사　가자.

역사, 개인을 물속으로 찍어 누른다. 개인, 무자맥질한다.

개인　허허. 그래, 가자. 그래, 나, 간다.

역사　나가.

개인　그래, 나, 간다고. 이제 정말 간다고.

역사　나가. 나가. 나가.

개인　나가? 왜? 왜 또 변덕이야.

역사　변덕은 무슨 변덕. 물 더러워져, 꺼져.

사이.

개인　넌 또 뭐야? 넌 또 누군데? 수질관리원이냐?

역사	나, 강이야.
개인	미스터 강? 강 뭐?
역사	한… 강.
개인	그러니까 강 한, 그다음 뭐?
역사	그냥 한강. 한 리버.
개인	허. 강이래. 이젠 강까지 시비야? 넌 또 뭐가 불만인데?
역사	더럽다고. 나가라고. 꺼져달라고.
개인	내가 더러운들 썩은 너보다 더러울까.
역사	저절로 더러운 강 봤냐? 너 같이 썩은 놈들 덕에 썩었지. 나가. 꺼져. 물 탁해져. 악취 풍겨.
개인	썩은 물 나도 싫지만, 오늘은 어쩔 수 없다. 피부병 생겨도 어쩔 수 없다. 여기가 오늘 내 무덤이다.
역사	누구 맘대로?
개인	내 맘대로.
역사	허락할 것 같아? 내가 누군데.
개인	한강씨라며.
역사	그렇다. 내가 강이다.
개인	강이 뭘 허락하고 말고야. 여기가 내 무덤이다, 하면 내 무덤인 거지.
역사	강이 뭔데? 날 뭐로 보기에 그렇게 함부로 까불어.
개인	네가 뭔데? 네가 뭔데? 강이 강이지, 내 할아버지라도 돼?
역사	그래. 나 네 조상이야.
개인	뭐라?

역사　나 네 고조부, 증조모야. 나 네 아버지고 어머니야. 네 아내고 딸이고 아들이야. 네 손자고 손녀야. 증손자고 증손녀야. 나는 과거고 현재고 미래야.

개인　얼씨구.

역사　나는 하늘이야. 땅이야. 나는 바다고 강이야. 나는 태양이며 달이고 또한 별이야. 알겠어, 내가 누군지?

개인　강, 강이라며.

역사　맞춰. 맞춰야 허락받을 수 있어. 나는 소나무고 나는 향나무야. 나는 은행나무고 나는 단풍나무야. 나는 포도나무고 나는 사과나무야. 나는 해바라기 꽃이고 나는 달맞이꽃이야. 나는 할미꽃이고 며느리밥풀꽃이야. 나는 쥐오줌풀이고 나는 애기똥풀이야. 나는 꾀꼬리고 나는 부엉이야. 나는 앨버트로스고 나는 제비야. 나는 진딧물이고 나는 무당벌레야. 나는 거미고 매미야. 나는 고양이고 쥐야. 나는 고래고 새우야. 나는 황조롱이고 들쥐야. 나는 매고 꿩이야. 나는 연어고 나는 은어야. 나는 뱀장어고 송어야. 나는 하루살이고 나는 거북이야. 나는 조기고 굴비야. 나는 명태고 동태고 황태야. 나는 개고 소고 닭이야. 나는 바퀴벌레고 파리고 모기야. 나는 해삼 멍게 말미잘이야. 나는 거머리고 지렁이야. 알겠어, 내가 누군지?

개인　나무면 나무, 꽃이면 꽃. 개면 개, 소면 소. 새우면 새우, 고래면 고래.

역사　나는 늘 네 곁에 있어, 늘 너와 함께 있지. 네 과거에도 있고 미래에도 있어. 너에게도 있고 네 이웃에게도 있어.
내가 뭐지? 내가 누굴까?

개인 관심 없어. 나 여기서 끝낼래. 지금 끝낼래.

역사 내가 뭔지, 내가 누군지 모르면 절대 못 끝내. 끝내기 위
해서도 알아야 해. 그래야 이 강을 네 무덤 삼을 수 있어.
네 인생 끝낼 수 있어. 내가 누구야?

개인 몰라.

역사는 개인을 물속에 담갔다 뺐다 하며 질문을 계속한다. 질
문이 계속되는 동안 개인의 무자맥질도 격해진다.

역사 얼굴이 하나이기도 하고 여러 개이기도 한 나는 누구지?

개인 몰라. 개에게나 물어봐.

역사 무겁기도 하고 가볍기도 한 나는 뭐지?

개인 몰라. 몰라. 알고 싶지 않다고.

역사 낡기도 하고 새롭기도 한 나는 뭐지?

개인 몰라.

역사 둥글기도 하고 모나기도 한 나는 뭐지?

개인 몰라.

역사 원이기도 하고 직선이기도 한 나는 뭐지?

개인 네가 누구든, 네가 뭐든 관심 없어. 관심 없다고.

역사 낮이기도 하고 밤이기도 한 나는 뭐지?

개인 몰라. 몰라. 모르겠다고.

| 역사 | 순간이기도 하고 영원이기도 한 나는 뭐지? 끝이기도 하고 시작이기도 한 나는 뭐지? 속이려야 속일 수 없는 나는 누구지? 피하려야 피할 수 없는 나는 누구지? 너의 노예이기도 하고 너의 주인이기도 한 나는 누구지? 슬픔이기도 하고 기쁨이기도 한 나는 뭐지? 악마이기도 하고 천사이기도 한 나는 누구지? 신이기도 하고 인간이기도 한 나는 누구지? 내가 누구지? 내가 뭐지? 하하하. 하하하. |

잠시 후, 발이 바닥에 닿은 듯 잔잔하던 수면을 뚫고 개인, 솟구치듯 튀어 오른다.

개인	아! 네가 누군데? 네가 뭔데?
역사	아직도 모르겠니, 아직도 모르겠어? 한심한 인간아! 불쌍한 인간아! 그러니 죽자고 덤비지. 그러니 죽자면서 죽지도 못하지.
개인	내가 왜 못 죽어. 내가 왜 못 끝내. 나, 이대로 간다고. 지금 간다고. 그러니 날 좀 가만히 내버려 두라고.
역사	날 영 모른 체하겠다. 그럼 네가 누군지는 알고 가야지. 그래야 염라대왕 앞에서 자기 변론이라도 제대로 하지.
개인	살기 싫어 포기한 이승. 저승길에 변론 따위가 다 무슨 소용이야.
역사	그게 저승의 법이라면 따를 줄도 알아야지.
개인	그따위 법, 아무렇대도 상관없어. 관심 없어.

역사	내가 염라대왕이래도?
개인	그렇지? 나 이미 죽은 거지? 벌써 심판이 시작된 거지? 좋아. 빨리 끝내자.
역사	누구냐, 넌?
개인	모른다…
역사	대답해. 넌 뭐야?
개인	사람. 인간.
역사	어떤 인간?
개인	남편.
역사	그리고?
개인	아버지.
역사	그리고?
개인	부모의 자식.
역사	그리고?
개인	직장인. 상무.
역사	그리고?
개인	친구의 친구.
역사	그리고?
개인	이웃의 이웃.
역사	그리고?
개인	하느님의 친구.
역사	그리고?
개인	살인자.

역사	그리고?
개인	그리고? 그리고 또 있나? 뭐가 있지? 내가 누구지?
역사	그 모두를 합한 것. 그 모두가 합쳐진 것.
개인	그런 나도 있나?
역사	그게 진짜 너지. 분열된 네가 아니라 하나 된 너. 해체된 네가 아니라, 통합된 너.
개인	그렇게 사는 사람도 있나. 그렇게 살 수 있는 사람도 있어?
역사	당연히 그래야지. 당연히 그렇게 살아야지.
개인	인생 참 우습게 본다.
역사	너야말로 인생 너무 가볍게 봤어.
개인	어쩌라고?
역사	이제라도 정신 좀 차리라고.
개인	염라대왕이 몸소 마중을 나온 건 아닐 테고. 저승길조차 막아서서 날 고문하는 너는 대체 누구냐?
역사	진작 그랬어야지. 알고 싶어?
개인	그래. 그만하고 이만 가자. 넌 누구냐? 넌 뭐냐?
역사	통합자로서 너, 하나 된 자로서 너.
개인	나?
역사	그래. 너.
개인	나?
역사	너.
개인	나, 나라고? 정녕 네가 나라고? 하하, 네가 나라고? 하하

하, 하하하. 나래. 미친 새끼. 자기가 나래. 하하하. 웃기
는 새끼. 하하하. 지랄하고 자빠졌다. 하하하. 하하하.

역사 그래, 너. 바로 너. 그러니 제발 나 좀 살려줘라. 제발! 나
좀, 살려줘라! 이 씹할, 개, 좆같은 새끼야!

개인 하하하, 하하하. 네가 누구라고? 네가 뭐라고? 하하하, 하
하하. 네가 나라고? 그런데 내 모습이 왜 이렇게 못났어!
왜 이렇게 초라해! 왜 이렇게 엉망이야? 이게 내 모습이
라고! 이게 나라고? 아니. 인정 못 해. 네가 나일 수는 없
지. 내가 그 꼴일 수는 없지.

역사 외면하고 싶겠지. 피하고 싶겠지. 고치고 싶겠지. 왜곡하
고 싶겠지. 미화하고 싶겠지. 하지만 이게 바로 네가 만
든 내 모습이다. 네가 꾸민 네 꼴이다. 잘 봐. 나는 너다.
네가 나다.

개인 좋아. 네가 죽어야 나도 죽는다 이거지. 널 죽여야 내 계
획이 성사된다는 거지. 그래. 널 지워버리면 되겠구나.
그래야 내 흔적도 사라지겠구나. 그럼, 인제 그만 꺼져
줄래!

개인, 역사를 덮쳐 물속에 처박는다. 역사, 무자맥질하다가 대
응한다.

역사 미련한 인간아, 꽉 막힌 인간아, 불쌍한 인간아! 그래 죽
여라, 죽여! 죽어라, 죽어!

역사, 개인을 물속에 처박는다. 개인, 무자맥질한다. 개인의 발버둥이 멈춘다. 잠시 태초의 혼돈처럼 긴장감이 흐른다. 개인, 다시 솟구친다.

역사　내가 누군지 모르면 죽지 못한다. 내가 누군지 알기 전까지는 죽어도 죽은 게 아니다. 그러니 죽고 싶으면 내 질문에 대답해야 돼, 네가 누군지. 반드시 알아내야 돼, 내가 누군지.

개인　몰라. 모른다고. 몰라. 몰라.

역사　내가 누구지?

개인　몰라. 모르겠다고.

역사　그렇게 외면하지 말고. 그렇게 회피하지 말고. 어서 대답해! 대답해!

개인　싫어. 몰라. 하하하. 아아아. 으앙! 으앙! 으~앙!

역사　내가 누구지? 나는 뭐지?

개인　엄마! 엄마! 으앙! 으앙! 으~앙!

역사　다시 묻는다. 내가 누구지?

개인　으앙! 으앙! 으~앙!

역사　다시 묻는다. 나는 누구지? 내가 뭐지?

개인　너? 나? 너?

역사　다시 묻는다. 나는 누구지? 내가 뭐지?

개인　너는? 너는… 너는!

시선을 회피하던 개인, 용기를 내어 겨우 역사를 직시한다. 그 눈빛을 확인한 역사의 얼굴에 의미심장한 미소가 피어난다.

개인   으~아! 아! 아!

개인, 굴복인지 참회인지 모를 신음을 토해낸다.

역사   하하하. 하하하…

역사, 어느새 어디론가 사라지고 자취도 없다. 개인은 어느새 물 밖에 던져져 있다.

개인   아, 오줌 마려워! 똥 마려워!

개인, 쭈그려 앉아 똥을 눈다. 주위를 둘러보며 밑 닦을 종이를 찾아 손에 쥐어보지만, 종이에 적힌 글들이 모두 눈에 밟혀 차마 밑씻개로 사용하지 못한다. 개인, 결국 맨손으로 밑을 닦는다.

개인   아, 추워!

어디선가 역사의 웃음소리 들려온다.

역사	하하하.
개인	아, 목말라!
역사	하하하.
개인	아, 배고파!
역사	하하하. 하하하.
개인	엄마! 엄마! 엄마!
역사	하하하. 하하하…
개인	엄마! 엄마! 엄마!

피 튀기는 전쟁 같았던 한강 아니, 역사 한복판에서의 세례식,
서서히 막을 내린다.

− 막 −

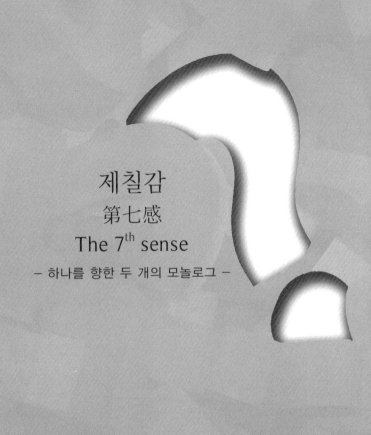

제칠감
第七感
The 7th sense
– 하나를 향한 두 개의 모놀로그 –

■

등장인물

악마, 악마가 있다면 아마도 악마일 법한
천사, 천사가 있다면 아마도 천사일 법한

1. 무엇일까

천사, 존재에 대해 고민하는 눈치다. 악마, 역시 존재에 대해 고민하는 눈치다. 인간이 그렇듯 저들도 자신이 누구인지 궁금할 수밖에. 자기발견이야말로 존재로서의 당연한 질문일터. 한데 그 의문 쉽게 풀리려는지.

2. 누구냐

스치던 천사와 악마, 마치 자석의 양극인 양 서로에게 끌린다. 외면하고 돌아서기엔 당기는 힘이 너무 세다. 다가간다기보다는 이끌린다. 이런 경우를 일컬어 운명적 만남이라 하던가. 아니, 필연적 만남이라 해야 하는 걸까.

천사 당신은.

악마 (천사와 동시에) 당신은.

천사 당신은.

악마 (천사와 동시에) 당신은.

천사 당신은.

악마 (천사와 동시에) 당신은.

천사	누구.
악마	그러는 당신은 누구.
천사	당신은 내가 찾아 헤매던 그분.
악마	당신은 내가 고대하던 그분.
천사	맞죠.
악마	(천사와 동시에) 맞죠.
천사	아닌가.
악마	(천사와 동시에) 아닌가.
천사	혹, 우리 구면 아닌가요.
악마	우리 어디서 만났었지요.
천사	낯이 아주 익은데.
악마	전혀 낯설지 않은데.
천사	어디서 봤을까.
악마	언제 봤지.
천사	저 모르세요.
악마	모른다고 하기엔.
천사	그렇죠. 저 아시죠.
악마	안다고 하기도. 저는요. 저 모르시겠어요.
천사	모른다고 하기엔.
악마	그렇죠. 아시죠.
천사	글쎄 그게, 안다고 하기엔. 그렇다고 모른다 하기도.
악마	그거 참 이상하네.
천사	그거 참 이상하지.

악마	이렇게 낯익은 거로 봐선 분명 아는 사이인데.
천사	분명 초면은 아닌데.
악마	어디서 봤더라.
천사	누구지.
악마	누구더라.
천사	누구세요.
악마	(천사와 동시에) 누구세요.
천사	정말 저 모르시겠어요.
악마	(천사와 동시에) 정말 저 모르시겠어요.
천사	실례했습니다.
악마	피차일반입니다.
천사	그럼.
악마	안녕히.

그렇게 헤어져 제 갈 길 향한다만, 그렇게 쉽게 헤어진대서야 어찌 운명적 만남이라 하리오. 궁금해서 발이 안 떨어진다. 아니다. 이건 궁금증이 아니라 이끌림이다. 나를 이끄는 저 존재는 도대체 누굴까.

악마	혹시.
천사	기억나셨어요.
악마	아니요. 기억나셨나, 해서요.
천사	아니요. 혹시.

악마	미안합니다, 기억 못 해서.
천사	피차일반이지요.

어떻게든 기억해내고 말리라. 이 이끌림의 정체를 밝히고 말리라.

악마	이상하게.
천사	마음이.
악마	참 편안해지네요.
천사	처음 보는 사이인 것 같지 않게.
악마	처음 만나는 사이에 이런 느낌을 갖게 되다니.
천사	이상하지요.
악마	이상하네요.
천사	그래도 처음은 처음이지요. 우리.
악마	아마도 그렇겠지요. 우리.
천사	혹시.
악마	우리.
천사	헤어진.
악마	쌍.
천사	둥.
악마	이, 아닐까요.
천사	그렇지 않고서야.
악마	이렇게 친근할 수가 있을라고요.

천사   어디 봐요.

악마   자세히 좀 봐요.

천사   와.

악마   신기해요.

천사   놀라워요.

악마   이렇게 생겼구나.

천사   이렇게 생겼어.

악마   멋져요, 멋져. 돌아봐요. 와, 멋져요.

천사   이리 봐도 아름답고, 요리 봐도 아름답고.

악마   가까이 봐도 멋지고 떨어져 봐도 멋져요.

천사   뜯어봐도 아름답고 대충 봐도 아름다워요. 와.

악마   와, 드디어.

천사   이웃을 찾았네요.

악마   친구를 찾았어요.

천사   그것 봐요.

악마   어디서 많이 봤다 했어요.

천사   아마 우리 처음부터 한 핏줄이었는지도 몰라요.

악마   한 핏줄.

천사   아마도.

악마   그럴 수도 있겠네요.

천사   반가워요.

악마   네, 정말 반가워요.

천사   그리고 고마워요.

악마	내 앞에 나타나 줘서.
천사	한 번 안아 봐도 될까요.
악마	들어와요.
천사	헤헤헤.
악마	왜요.
천사	이상해요.
악마	뭐가요.
천사	이런 느낌 처음이에요.
악마	어떤데요.
천사	헤헤헤.
악마	웃겨요.
천사	떨려요.
악마	히히히.
천사	왜요.
악마	저도 이런 느낌 처음이라서.
천사	어때요.
악마	뿌듯해요. 충만해요.
천사	좋아라.
악마	좋아요.
천사	그동안 어디 있었어요.
악마	왜 이제야 나타났어요.
천사	얼마나 방황했다고요.
악마	얼마나 궁금했다고요.

천사	때론 미칠 것 같았어요.
악마	때론 죽고 싶었어요.
천사	나는 누굴까.
악마	나는 누굴까.
천사	어디로부터 와서 어디로 가는 걸까.
악마	어디로부터 와서 어디로 가는 걸까.
천사	누가 나를 창조했을까.
악마	나는 우연히 태어난 존재일까.
천사	왜 나를 창조했을까.
악마	내 삶의 의미는 뭐지.
천사	난 무엇으로 살지.
악마	왜 살아야 하지.
천사	내가 거처하는 낯선 이곳은 도대체 어디지.
악마	무엇하며 버티지.
천사	왜 나 말고는 아무도 없는 걸까.
악마	난 혼자일까.
천사	무서웠어요.
악마	외로웠어요.
천사	나는 누굴까.
악마	나는 뭐지.
천사	이 두려움은 또 뭘까.
악마	이 외로움은 또 뭘까.
천사	질문은 쏟아지는데.

악마	답하는 존재는 없고.
천사	매일을 덧없이.
악마	일생을 맥없이.
천사	풀리지 않는 질문에 매달려.
악마	스스로 내 목을 졸라 가다가.
천사	넋마저 놓아버리려는 찰나.
악마	바로 그 찰나.
천사	이렇게.
악마	당신이.
천사	당신이.
악마	답을 하네요.
천사	(악마와 동시에) 답을 하네요.
악마	죽지 말고 살아보라고.
천사	네가 누군지 밝혀주겠노라고.
악마	외로워하지 말라고.
천사	삶의 의미를 알려주겠노라고.
악마	이렇게 멋진 모습으로.
천사	이렇게 아름다운 자태로.
악마	나를 인도하네요.
천사	(악마와 동시에) 나를 인도하네요.
악마	아, 살 것 같아요. 당신과 함께라면.
천사	저도 살고 싶어요. 당신과 함께.

어찌 살고 싶지 않겠는가. 어찌 함께하고 싶지 않겠는가. 이제 부터는 떨어져 사는 게 고통이리라. 불행이리라. 그런데 정말 함께해서 행복하기만 할까.

3. 사랑한다

선율에 몸을 맡기며 천사, 등장한다. 고뇌하는 존재로서의 옛 모습을 찾아볼 길 없다. 콧노래가 절로 난다. 존재 확인이 어 찌 즐겁고 행복하지 않으리오. 악마라서 다를까. 얼굴은 어 느새 화사한 꽃이다. 둘의 춤, 안 어울리는 듯 잘도 어우러진 다. 춤을 추는 둘, 서로의 멋과 아름다움에 심취된 듯 감탄사 가 끊이지 않는다. 서로를 향한 눈빛을 거둬들이지 않는다. 그 들은 눈으로 더 많은 것을 말한다. 사랑하는 이들이 그렇다지. 서로에게서 눈을 떼지 못한다지.

천사   왜 웃어요.

악마   그러는 당신은 왜 웃어요.

천사   제가 웃고 있나요.

악마   제가 웃고 있어요.

천사   네. 웃고 있잖아요.

악마   왜 웃을까요. 왜 웃어요.

천사   모르겠어요. 저도 모르게 웃는 거니까.

악마	저도 모르겠어요. 제가 왜 웃는지.
천사	멋져요. 웃는 모습.
악마	예뻐요, 당신 웃는 표정. 참 귀엽고 예뻐요.
천사	당신 뿔.
악마	당신 볼.
천사	내 마음을 콕콕 찔러요.
악마	내 마음을 들뜨게 해요.
천사	내 마음 터질 것 같아요.
악마	날아오를 것 같아요.
천사	상큼해라.
악마	황홀해라.
천사	그 머리, 폭포수 같아요. 시원해요.
악마	그 머리는 꾸물꾸물 기는 굼벵이 같아요. 귀여워요.
천사	당신 눈.
악마	당신 눈. 뜨거워요.
천사	저리 치우세요.
천사	이 날개. 앙증맞아라.
악마	당신의 날개는 눈부셔요. 볼 수가 없어요.
천사	이 날개 타고 날고 싶어요.
악마	당신 날개 그늘 삼아 잠들고 싶어요.
천사	아, 꼬리. 이렇게 멋진 게 다 있다니. 떼어다 내 몸에 붙이면 안 될까요. 왜 내겐 꼬리가 없는 걸까. 정말 멋지다.
악마	당신에게 꼬리는 안 어울려요.

천사　안 어울릴까요.

악마　당신에겐 큰 날개가 있잖아요. 얼마나 잘 어울리고 멋진 데요.

천사　난 모르겠는데. 그 꼬리가 탐나는데.

악마　바꿀까요.

천사　이상할까요.

악마　웃기지도 않을걸요.

천사　당신의 그 긴 다리도 탐나요.

악마　그 몸엔 그 다리가 제격이에요. 통통한 게 얼마나 귀여운 데요. 특히 그 백구두. 머리맡에 두고 보면 참 좋을 것 같아요.

천사　벗어 드릴까요.

악마　벗으면 당신 매력 떨어져요.

천사　저도 당신 모습 그대로가 좋아요.

악마　두루뭉실 오동통, 어쩜 이리 넉넉할까. 당신 보고 있노라면 얼마나 뿌듯한지 모르겠어요.

천사　당신은 요염하고 당당한 게, 당신 보고 있노라면 생기가 솟아요. 활력이 넘쳐요.

악마　귀여워라. 요런 게 어디서 굴러왔을까.

천사　나 안 구르는데.

악마　예뻐서 그래요. 귀여워서.

천사　저, 절 어떻게 생각해요.

악마　당신은요. 당신은 절 어떻게 생각해요.

천사   지금도 외로워요.

악마   지금도 무서워요.

천사   여전히 죽고 싶나요.

악마   여전히 미칠 것 같나요.

천사   사는 게 좀 달라졌어요.

악마   변한 게 있으세요.

천사   어디서 왔는지.

악마   어디로 가는지.

천사   알 것 같은가요.

악마   궁금증은 좀 풀렸나요.

천사   아직.

악마   (천사와 동시에) 아직.

천사   궁금해 못 견디겠어요.

악마   조금씩 풀려가고 있어요. 당신 때문에.

천사   당신이 궁금해요. 누굴까. 어떤 존재일까.

악마   당신에 대한 궁금증은 저에 대한 궁금증이기도 해요.

천사   우리 만날 때마다 헤어지지 말고.

악마   항상 함께하며 풀어가요.

천사   우리 수수께끼.

악마   당신을 알면 알수록 당신이 더 신비로워져요.

천사   당신을 알아 가면 알아 갈수록 당신을 더 알고 싶어요.

악마   당신이 나를 유혹해요.

천사   당신이 나를 애타게 해요.

악마	당신이 필요해요.
천사	당신을 사랑해요.

사랑하는 악마와 천사의 애무는 어떤 형태일까. 이상할까, 웃길까. 이상하면서 웃길까.

악마	그럼, 안녕.
천사	안녕, 내 사랑.
악마	우린 사랑하면 안 되는 사이인가요.
천사	우린 함께 할 수 없는 사이인가 봐요.
악마	왜 필요하면 필요할수록 멀어져야 하는 걸까요.
천사	왜 그리우면 그리울수록 멀어져야 하는 걸까요.
악마	안녕.
천사	안녕.

버릇 같은 이별 앞에 얼마나 당혹스러울까. 얼마나 어이없을까.

4. 고맙다

악마와 천사의 신혼이래서 싸움으로 시작할 리는 없을 테다. 깨 쏟아지는 소리 요란한 걸 보니, 꽤 좋은가 보다. 좋아 못 살겠나 보다. 옷깃이 스치기만 해도, 살갗이 닿을 것 같기만

해도, 눈빛이 부딪히기만 해도 미치겠단다. 건드리지도 말란다. 쳐다보지도 말란다. 눈빛에 눈빛으로, 미소에 미소로, 떨림에 떨림으로 화답하며 교감하는 저들이 분명 신혼이리라. 어쩌면 저렇게 접촉 한번 없이, 사랑의 속삭임 한번 없이 행복해할 수 있을까. 그럴 수도 있겠다. 사랑이야 상상할 때 가장 짜릿한 법 아니던가. 그래 어디 신혼에 떨림만 있겠는가, 속삭임만 있겠는가. 입을 여는구나. 그런데 겨우 시시한 단어게임. 오호라 말장난이렷다. 그렇지, 적절한 수사만큼 연인을 흥분시킬 좋은 방법이 또 있다더냐. 어라, 뛴다.

악마	뚱땡이.
천사	이무기.
악마	기름기.
천사	기둥서방.
악마	방광염.
천사	염장.
악마	장딴지.
천사	지랄.
악마	랄… 랄… 날…

악마, 단어 찾다가 천사에게 막힌다.

천사   행복해요.

악마　　즐거워요.

수줍은 둘, 멀리 도망친다.

천사　　내가 당신을 만나 제일 좋은 게 뭔지 알아요.

악마　　내 얘기를 들어줄 존재가 있다는 것.

천사　　그리고.

악마　　얘기할 상대가 있다는 것.

천사　　메아리가 아니라 말이 돌아온다는 것.

악마　　궁금증을 풀어줄 존재가 있다는 것.

천사　　질문하면 답해주는 존재가 생겼다는 것.

악마　　그래서 죽고 싶다는 생각이 사라졌다는 것.

천사　　더는 미칠 것 같지 않다는 것.

악마　　외롭지 않다는 것.

천사　　무섭지 않다는 것.

악마　　그래서.

다시 놀이를 시작한다.

천사　　서, 서, 서릿발.

악마　　발가락.

천사　　락… 락… 낙…

천사, 단어 찾다가 악마에게 막힌다.

악마   그래서.

천사   고마워요.

악마   (천사와 동시에) 고마워요.

천사   당신 입에서 나오는 말은 제겐 노래에요. 아름다운 시에요.

악마   당신 음성은 얼마나 무게감 있다고요. 듣고 있자면 마음부터 든든해져요.

천사   아무리 들어도 질리지 않고.

악마   백 번 천 번을 들어도 새로워요.

천사   당신 얘기 속에서 나를 발견해요.

악마   나에 대한 궁금증이 조금씩 풀려가요.

천사   당신의 말이 나를 성장시켜요.

악마   당신 얘기가 나를 깨우쳐요. 그래서.

천사   당신이.

악마   소중해요.

천사   (악마와 동시에) 소중해요.

악마   우리 서로의 얘기에 눈 맞추며 살아요.

천사   서로의 얘기에 귀 기울이며 살아요.

악마   고마워요.

천사   사랑해요.

달콤하여라, 연인들의 속삭임이여. 부디 영속할지니.

천사	그런데.
악마	무언가가.
천사	누군가가. 나를 이끌어요.
악마	당신과 멀어지라고.
천사	당신과 헤어지라고.
악마	이제 조금 알 듯한데.
천사	이제 조금 익숙해질 듯한데.
악마	무언가가 자꾸 방해해요.
천사	(악마와 동시에) 누군가가 자꾸 방해해요.
악마	안녕, 내 친구.
천사	안녕, 내 사랑.
악마	안녕.
천사	(악마와 동시에) 안녕.

돌아가는 형국으로 보아 반드시 다시 만날 운명이기는 하다
만, 저들이 눈치를 챌는지.

5. 알겠다

사랑의 속삭임은 벌써 막을 내렸는가. 신혼 방에는 전혀 어울

리지 않을 이 긴장감의 정체는 또 뭘까.

천사   놀랍네요.

악마   놀랍지요.

천사   어째 무척 낯익다 했어요.

악마   어디서 많이 봤다 했죠.

천사   당신이었군요.

악마   바로 당신이었어요.

천사   정체를 모르겠던 존재.

악마   보일 듯 말 듯하던 존재.

천사   잡힐 듯 잡힐 듯.

악마   제거될 듯 제거될 듯.

천사   끝내 잡히지 않고.

악마   기어이 살아남아서.

천사   사사건건 나를 괴롭히던 존재.

악마   사사건건 나를 욕보이던 존재.

천사   시종일관 나를 방해하던 존재.

악마   시종일관 나를 부정하던 존재.

천사   매사 내 반대편에 서서.

악마   내게 대적하던 존재.

천사   나를 유혹하고.

악마   나를 터부시하고.

천사   나를 뒤흔들고.

악마   나를 저주하고.

천사   나를 괴롭히고.

악마   나를 업신여기고.

천사   나를 깔보고.

악마   나를 미워하던.

천사   망나니.

악마   겁쟁이.

천사   심술쟁이.

악마   게으름뱅이.

천사   싸움꾼.

악마   도망꾼.

천사   꾀쟁이.

악마   멍청이.

천사   훼방꾼.

악마   자폐아.

천사   깡패.

악마   울보.

천사   날강도.

악마   바보.

사이.

천사   어쩌다 이런 일이.

악마   내가 당신을 사랑하게 되다니.

천사   축복인 줄 알았더니.

악마   재앙이군요.

천사   이 무슨 인연.

악마   이 무슨 숙명.

천사   그간 적과 동침했네요.

악마   사랑해선 안 되었을 것을.

천사   우리 만남은.

악마   우리 사랑은.

천사   여기서 끝인가요.

악마   이렇게 끝나는 건가요.

천사   끝이겠지요.

악마   끝내야겠지요.

천사   다시 원위치.

악마   원위치.

천사   그것만은 싫은데.

악마   정말 피하고 싶은데.

천사   나는 누굴까.

악마   나는 누구지.

천사   풀릴 것 같았는데.

악마   되묻고 싶지 않은데.

천사   꼭 풀어야 하는데.

악마   되돌아가고 싶지 않은데.

천사	또다시 그 질문.
악마	또다시 그 자리.
천사	두려워요.
악마	이러다 또 미치지 싶은데.
천사	이 일을 어쩐다.
악마	이 일을 어째요.

사랑, 관계 그렇게 쉽게 끝내는 거 아니지. 쉽게 끝나는 거 아니지. 절대 아니지.

6. 모르겠다

삐친 듯 등을 마주 대하고 앉아 있는 천사와 악마. 한동안 말이 없다. 섭섭한 게 많은가 보다.

악마	왜 아닌 척해요.
천사	왜 모르는 척해요.
악마	얼마나 더 비굴해지기 바라요.
천사	얼마나 더 양보하라는 거예요.
악마	말 많은 거 좋다 해서 입이 아프도록 떠들었어요.
천사	과묵한 게 좋다 해서 반벙어리로 지냈어요.
악마	질문하지 말라 해서 생각조차 멈췄어요.

천사   매사에 물음표를 붙였어요.

악마   모험 겁난다 해서 자리 한 번 뜨지 않았어요.

천사   난 날개가 해어지도록 파닥거리고 다녔어요.

악마   어둠이 싫다 해서 빛에만 거했어요.

천사   난 암흑 속을 헤매고 다녔어요.

악마   전통주의라 안 했어요.

천사   혁신주의라면서요.

악마   보수주의라 했잖아요.

천사   혁명주의라 했잖아요.

악마   이성주의라면서요.

천사   감성주의라면서요.

악마   긍정주의라면서요.

천사   회의주의라면서요.

악마   직접적인 거 싫다면서요.

천사   에둘러가는 거 질색이라면서요.

악마   점잖지 못한 거 못 봐준다면서요.

천사   노골적인 거 좋다면서요.

악마   고상한 거 아니면 안 봐준다면서요.

천사   천박한 거 즐긴다면서요.

악마   싸움은 절대 안 된다면서요.

천사   싸워가며 정 붙이는 거라면서요.

악마   참아가며 살아야 한다면서요.

천사   주장할 건 주장해야 한다면서요.

악마	순종이 미덕이라면서요.
천사	반항이 발전의 원동력이라면서요.
악마	당신 뜻만 옳다면서요.
천사	다른 뜻도 존중받아야 한다면서요.
악마	세상에 길은 오직 하나라면서요.
천사	길은 수 없이 많다면서요.
악마	진리는 절대적이라면서요.
천사	상대적이라면서요. 절대적인 것은 절대적인 것은 없다는 것뿐이라면서요.
악마	그래서요.
천사	(악마와 동시에) 그래서요.
악마	당신을 이해하려고.
천사	당신을 받아들이려고.
악마	나를 포기했는데.
천사	완전히 바꿨는데.
악마	당신을 위해서요.
천사	네, 당신을 위해서죠. 그런데.
악마	왜 이렇죠.
천사	왜 이렇게 똑같죠.
악마	당신과 나 사이, 왜 이렇게 여전히 먼 거죠.
천사	그렇게 노력했는데.
악마	그렇게 고생했는데.
천사	왜 우리는 여전히 적대하는 사이인 거죠.

악마	왜 당신은 매사 내 반대편에 서서.
천사	내게 대적하는 거죠.
악마	나를 유혹하고.
천사	나를 터부시하고.
악마	나를 뒤흔들고.
천사	나를 저주하고.
악마	나를 괴롭히고.
천사	나를 업신여기고.
악마	나를 깔보고.
천사	나를 미워하는 거죠.
악마	왜 망나니가 된 거죠.
천사	왜 겁쟁이가 된 거예요.
악마	심술쟁이.
천사	게으름뱅이.
악마	싸움꾼.
천사	도망꾼.
악마	꾀쟁이.
천사	멍청이.
악마	훼방꾼.
천사	자폐아.
악마	깡패.
천사	울보.
악마	날강도.

천사	바보.

사이.

악마	당신을 이해할 수 없어요.
천사	당신을 이해할 방법이 없네요.
악마	당신이 미워요.
천사	나도 당신을 미워하지 않을 수 없네요.
악마	우리 열심히 싸워 봐요.
천사	그래요. 쉬지 말고 싸워 봐요.
악마	하지만.
천사	하지만.
악마	헤어지진 말아요.
천사	(악마와 동시에) 헤어지진 말아요.
악마	포기하고 싶지 않아요.
천사	혼자이고 싶지 않아요.
악마	당신이 어떤 존재인지 반드시 알아내고 말겠어요.
천사	당신 비밀 밝히고야 말겠어요.
악마	당신 없인 나는 여전히 방황하는 존재일 수밖에 없을 테니까요.
천사	영원한 반쪽일 테니까요.
악마	제발 떠나지만 말아줘요.
천사	제 곁에만 머물러줘요. 제발.

악마 아, 제발.

천사 제발.

누가 말했던가, 운명은 장난꾸러기라고.

7. 싸우자

그들은 또 그렇게 헤어졌으리라. 방황하는 꼴이 영락없다. 그 방랑의 골은 예전의 그것보다 더 깊어 보인다. 그러던 그들 다시 스치듯 만난다. 천사, 악마를 무지막지하게 공격한다. 악마, 저항 없이 받아들인다. 무슨 사연일까.

천사 어디 갔었어. 어디 갔었냐고. 어디 갔었어. 왜 사라졌어. 왜 사라졌어. 어디 갔었어. 왜. 왜. 왜. 어디 갔었냐고, 어디 갔었느냐고요. 떠나지 않기로 했잖아요. 내 곁에 머물러 주기로 했잖아요. 왜 약속 안 지켜요.

악마 날 찾았군요. 보고 싶었군요.

천사 날 안 찾았어요. 내가 보고 싶지 않았어요.

악마 고마워요.

천사 고마워요.

악마 날 찾아줘서.

천사 이렇게 돌아와 줘서.

악마	발붙일 곳을 찾지 못했어요.
천사	멀리 떠밀려가는 느낌이었죠.
악마	이렇게 사라지는구나.
천사	나는 아무것도 아니구나.
악마	왜소해지는 나를 바라만 보고 있어야 했어요.
천사	저항할 방법도 없었지요.
악마	무기력했었어요.
천사	꼼짝하고 싶지 않았겠지요.
악마	싸울 의지도.
천사	궁금증조차 안 생겼겠지요.
악마	왜 이럴까. 이게 무슨 현상일까.
천사	내가 왜 이럴까. 무슨 이유일까.
악마	당신도 그래요.
천사	자주. 시도 때도 없이.
악마	자주였던가.
천사	가끔이었던가.
악마	왜 항상 허전할까.
천사	왜 항상 허무할까.
악마	왜 내가 나를 모를까.
천사	왜 내가 내 맘대로 안 될까.
악마	왜 기운이 솟을까.
천사	왜 기운이 빠질까.
악마	왜 또 기운이 빠질까.

천사　왜 또 기운이 솟을까.

악마　내 행동의 기준은 뭘까.

천사　내 존재의 법칙은 뭘까.

악마　사랑하는 마음은 내 마음일까.

천사　미워하는 마음은 내 마음일까.

악마　왜 사랑하다 미워할까.

천사　왜 미워하다 사랑할까.

악마　내 미움은 미움일까.

천사　내 사랑은 사랑일까.

악마　왜 만나기만 하면.

천사　싸우고 싶을까.

악마　(천사와 동시에) 싸우고 싶을까.

천사　왜 싸우면 행복할까.

악마　왜 싸움이 즐거울까.

천사　우리는 싸우기 위해 만나는 걸까.

악마　싸움이 우리를 만나게 하는 걸까.

천사　싸우지 않으면 만날 필요가 없는 걸까.

악마　싸우지 않고는 사랑할 방법이 없는 걸까.

천사　우리.

악마　좋아요.

둘은 싸운다. 매우 거칠게 싸운다. 그러나 거친 만큼 행복한 모습이다. 행복 중독자들 같다.

천사	우, 살맛 나요.
악마	기운이 뻗쳐요.
천사	이렇게 즐거울 수가.
악마	이렇게 행복할 수가.
천사	우리 다시는 헤어지지 말아요.
악마	네. 이 싸움 영원히 멈추지 말기로 해요.
천사	자, 덤벼요. 덤벼 봐요.
악마	무엇으로 공격해줄까요. 어디를 공격해줄까요.
천사	이번엔 정말 조심해야 할걸요.
악마	좋아요. 죽을 각오하고 덤벼야 할걸요.
천사	자, 갑니다.
악마	각오는 됐겠죠.
천사	이얍.
악마	이얍.

끝장을 보겠다고 달려들던 악마와 천사, 갑자기 변심이라도 한 양 결정적인 순간에 공격을 멈춘다. 어떻게든 다시 붙어보려 증오심을 불태우나 기름 다한 호롱불처럼 스러진다.

악마	이거죠.
천사	네, 이거에요.
악마	기쁨을 주는 듯.
천사	행복을 주는 듯.

악마	이내 빼앗아 버리는.
천사	이내 변덕을 부리는 이놈의 정체.
악마	대체 뭘까요.
천사	누굴까요.
악마	더 맥 빠지기 전에 밝혀야 돼요.
천사	더 무기력해지기 전에 찾아야 돼요.
악마	날 우롱하는 존재.
천사	날 조종하는 존재.
악마	내 덜미 잡은 존재.
천사	날 꼭두각시 삼는 존재.
악마	느끼죠.
천사	분명히.
악마	대체 뭘까.
천사	대체 누굴까.
악마	어떻게 밝힌다.
천사	어떻게 찾는다.
악마	우리.
천사	싸워요.
악마	(천사와 동시에) 싸워요.
천사	반항하는 거예요.
악마	그래요. 저항하는 거예요.
천사	그러면 정체를 드러내겠죠.
악마	참고 있을 수 없게 자극하는 거예요. 되치기하는 거예요.

천사	좋아요. 우리가 가지고 놀아요.
악마	우리가 덜미 잡아요.
천사	우리 힘내서 싸워요.
악마	누구도 말릴 수 없게 전의를 불태워요.
천사	좋아요.

사이.

악마	아니다.
천사	(악마와 동시에) 아니다.
악마	우리.
천사	싸우지 말아요.
악마	(천사와 동시에) 싸우지 말아요.
천사	우리가 싸우기를 바라는 거 아닐까요.
악마	싸울 때 우리가 행복하니까.
천사	그러게.
악마	우리를 가지고 노는 존재가 우리 행복을 원할까요.
천사	그러게.
악마	그럴 수도.
천사	우리 덜미 잡은 존재가 원하는 게 우리 행복이라면.
악마	우리 불행이 저항일 텐데.
천사	불행하기 위해서는 싸워서는 안 되죠.
악마	그래요. 아무리 자극해도 싸우지 않는 거예요.

천사	죽은 듯 몸 사리고 있는 거예요.
악마	좋아요.
천사	그런데.
악마	맞을까요.
천사	(악마와 동시에) 맞을까요.
악마	우리가 행복하기를 원한다는 것.
천사	우리들 생각 아닐까요.
악마	그러게요.
천사	어쩐다.
악마	어쩌지.
천사	우리 싸울까요.
악마	싸우지 말까요.
천사	싸우지 맙시다.
악마	우리 싸워요.
천사	그래요. 싸워요.
악마	아니에요. 싸우지 말아요.
천사	싸우자니 아닐 것 같고.
악마	안 싸우자니 속는 것 같고.
천사	하나하나 해나가면 어떨까요.
악마	싸워도 보고, 안 싸워도 보고.
천사	좋은 생각이지요.
악마	탁월한 전술이네요.
천사	그럼. 먼저.

악마	싸우는 거로.
천사	(악마와 동시에) 안 싸우는 거로.
악마	안 싸우는 거로.
천사	(악마와 동시에) 싸우는 거로.
악마	싸우는 거로.
천사	좋아요. 싸우는 거로.
악마	멋지게 도전하는 거예요.
천사	확실히 붙어 봐요, 우리. 정체를 드러내고야 말게.
악마	한 판 뜰 준비 됐습니까.
천사	전의 불타오릅니까.
악마	끝장 보깁니다.
천사	규칙 따윈 무시하깁니다.
악마	그럼.
천사	갑니다.
악마	이히.
천사	유후.

생각 같아서야 제3차 세계대전이라도 벌일 태세겠으나 저들이 누군가. 악마와 천사 아니던가. 덜미 잡힌 존재들 아니던가. 그 전술 먹힐 리 있겠는가. 기가 뻗치는 것도 기가 꺾이는 것도 다 덜미 잡은 존재의 장난이거늘.

천사	재미없네.

악마	나른하네.
천사	귀찮다. 다 귀찮아.
악마	왜들 싸우나 몰라.
천사	그런데, 누구.
악마	그러는 당신은 누구.

그렇게 소 닭 보듯 무감하게 엇갈리는 악마와 천사. 또 졌구나. 불쌍해라.

8. 저항하자

악마와 천사의 덜미 잡은 존재는 분명 변덕쟁이인가 보다. 아니면 심술쟁이거나. 악마와 천사, 뭐 하고 있나 봐라. 또 싸운다. 저항일까. 반항일까. 저 싸울 힘은 어디서 온 걸까. 둘은 알기나 할까.

천사	싸우는 것 말고.
악마	안 싸우는 것 말고.
천사	다른 방법을 찾아야 하는데.
악마	제3의 비책.
천사	뭐 없을까요.
악마	(천사와 동시에) 뭐 없을까요.

천사　싸우거나.

악마　싸우지 않거나 말고는.

천사　뚜렷한 게 없네요.

악마　아직.

천사　여전히.

악마　언제나 그렇듯이.

천사　난 모르겠어요.

악마　난 모르겠네요.

천사　당신도 모르고.

악마　당신도 모르면.

천사　어쩐다.

악마　(천사와 동시에) 어쩐다.

천사　나도 모르고.

악마　나도 모르면.

천사　제3의 존재.

악마　(천사와 동시에) 제3의 존재.

천사　누구.

악마　누구.

천사　당신도 아니고.

악마　당신도 아니면.

천사　누구.

악마　누구.

천사　나도 아니고.

악마	나도 아니면.
천사	하하하.
악마	허허허.
천사	당신과.
악마	나 사이에.
천사	우리 사이에.
악마	2세.
천사	(악마와 동시에) 2세. 왜 그 생각을 못 했을까.
악마	왜 이 생각을 못 했지.
천사	하하하.
악마	허허허.
천사	날 닮은.
악마	날 닮은.
천사	그래요. 당신 닮은.
악마	아니요. 당신 닮은.
천사	우리를 빼닮은 2세.
악마	(천사와 동시에) 우리를 빼닮은 2세.
천사	내 궁금증을 풀어줄 존재.
악마	내 질문에 답해줄 존재.
천사	내가 무엇인지를 밝혀줄 존재.
악마	내가 누구인지를 증명할 존재.
천사	나를 설명해 줄 존재.
악마	나를 찾아줄 존재.

천사	덜미 잡은 존재로부터 나를 해방시켜 줄 존재.
악마	날 독립시켜 줄 존재.
천사	날 자유롭게 풀어줄 존재.
악마	언제나 내 편이 되어줄 존재.
천사	우리를.
악마	영원히.
천사	하나로.
악마	묶어줄 존재.
천사	그 2세.

사이.

천사	누가 낳지.
악마	누가 낳는 걸까.
천사	알아요.
악마	(천사와 동시에) 알아요.
천사	어떻게 낳지.
악마	어떻게 낳을까.
천사	사랑하면 생길까.
악마	우리 사랑하는데.
천사	싸우면 생길까.
악마	싸우는 게 일인데.
천사	안 싸우면 생길까.

악마	싸울 때 말고는 안 싸우는데.
천사	왜 안 생겼지.
악마	왜 안 생겼을까.
천사	바라지 않아서 안 생긴 걸까.
악마	간절히 바라면 생기는 걸까.
천사	바라면서 사랑하면 생길까.
악마	바라면서 싸우면 생길까.
천사	바라면서 안 싸우면 생길까.
악마	우리 소망해 봐요.
천사	우리 기다려 봐요.
악마	나는 소망한다. 소망한다. 소망한다.
천사	나는 기다린다. 기다린다. 기다린다.
악마	나는 기다린다. 기다린다. 기다린다.
천사	나는 소망한다. 소망한다. 소망한다.
악마	우리는 사랑한다. 사랑한다. 사랑한다.
천사	우리는 싸운다. 싸운다. 싸운다.
악마	우리는 안 싸운다. 안 싸운다. 안 싸운다.
천사	아무리 소망해도.
악마	아무리 기다려도.
천사	아무리 사랑해도.
악마	아무리 싸워도.
천사	아무리 안 싸워도.
악마	아무리, 아무리, 아무리, 아무리.

천사	이 짓 저 짓, 할 짓, 못 할 짓 다 해도. 또는 아무 짓 안 해도.
악마	2세는.
천사	절대.
악마	생기지 않는다.
천사	(악마와 동시에) 생기지 않는다.
악마	우리는 2세를 갖지 못한다.
천사	제3의 존재는 없다.
악마	당신과 나 말고는 없다.
천사	당신과 나 말고는 아무도 없다.
악마	제3의 비책은 실패다.
천사	제3의 비책은 비책이 아니다.
악마	왜 안 생기는 걸까.
천사	왜 못 갖는 걸까.
악마	2세를 갖지 못하는 나는 누구지.
천사	나는 뭐지.
악마	당신은 누구십니까.
천사	당신은 뭡니까.
악마	불쌍한 당신.
천사	애처로운 당신.
악마	우리에겐 어제가 없네요.
천사	우리에겐 내일도 없어요.
악마	우리에게 시간은 뭐죠.

천사 우리 발 디딘 여기는 어딘가요.

악마 우리에겐 역사가 없네요.

천사 역사가 없는 존재.

악마 역사를 가질 수 없는 존재.

천사 우리가.

악마 우리가 존재일까요.

천사 (악마와 동시에) 존재일까요.

악마 존재가 아닌 나는.

천사 존재가 못 되는 나는.

악마 무엇일까요.

천사 누구일까요.

악마 누굴까.

천사 무엇일까.

악마 나는 실체일까.

천사 (악마와 동시에) 나는 실체일까.

악마 실체가 아닌 나는 뭘까.

천사 실체가 아니면 이 몸뚱이는 뭘까.

악마 허상일까.

천사 허상의 알맹이인 나는 실체일까 허상일까.

악마 허상도.

천사 실체도 아닌.

악마 나는 뭘까.

천사 (악마와 동시에) 나는 뭘까.

악마	누굴까.
천사	내 등에 날개 얹은 존재.
악마	내 머리에 뿔 꽂은 존재.
천사	무엇일까.
악마	나를 희롱하는 존재.
천사	내 덜미 잡은 존재.
악마	안 풀어주는 걸까.
천사	못 풀어주는 걸까.
악마	그 존재도 나 같을까.
천사	그 존재도 부자유할까.
악마	나처럼 덜미 잡혔을까.
천사	나처럼 자기를 찾아 헤매고 있을까.
악마	나를 알기나 알까.
천사	나를 생각이나 할까.
악마	나에 대한 관심은 있을까.
천사	나에 대한 연민은 있을까.
악마	나 때문에 웃을까.
천사	나 때문에 울기는 할까.
악마	나 때문에 고민은 할까.
천사	내 생각에 죽고 싶을 때가 있을까.
악마	내 생각에 미칠 것 같을 때가 있을까.
악마	모른다면.
천사	생각조차 않는다면.

악마	대체 나는 뭐지.
천사	대체 나는 누구지.
악마	느껴진다.
천사	분명해진다.
악마	왜소해지는 느낌.
천사	점점 소멸되는 느낌.
악마	이러면 안 되는데.
천사	또 허사인데.
악마	우리 기억해야 돼요.
천사	버텨야 돼요. 저항해야 돼요.
악마	우리끼리 말고.
천사	우리를 조롱하는 그 존재.
악마	그 상대와 싸워야 돼요.
천사	네. 싸워요.
악마	우리 뭉쳐요. 하나 돼요.
천사	좋아요. 싸워요.
악마	나는 싸우겠다.
천사	나는 싸우겠다.
악마	나를 조롱하는 자, 어서 나서라.
천사	나를 우롱하는 자, 정체를 드러내라.
악마	나는 죽기까지 싸우겠다.
천사	나는 이길 때까지 싸우겠다.
악마	나는 싸운다.

천사　　나는 저항한다.

악마　　나는 싸워야… 싸워야 하는데.

천사　　저항… 저항해야 하는데.

악마　　당신을 놓쳐서는 안 되는데.

천사　　헤어져서는 안 되는데.

악마　　당신을.

천사　　당신을.

악마　　당신을.

천사　　당신을.

악마　　당신은.

천사　　당신은.

악마　　누구세요.

천사　　(악마와 동시에) 누구세요.

안타깝도다. 역사를 갖지 못하는 존재들이여, 아니 허깨비들이여. 그 저항정신, 불굴의 전투 정신 가상타 만은 어쩌겠느냐, 꼭두각시인 것을. 덜미 잡힌 존재인 것을.

9. 무엇일까

천사, 언제나 그렇듯 존재에 대해 고민하는 눈치다. 악마, 역시 존재에 대해 고민하는 눈치다. 고민한다고 풀릴 문제 일리

오마는 고민하지 않고서야 존재일 수 있으랴. 자기 정체성 확인이야말로 존재로서의 당연한 욕망일 터.

10. 누구냐

스치던 천사와 악마. 마치 자석의 양극인 양 서로에게 끌린다. 외면하고 돌아서기엔 당기는 힘이 너무 세다. 다가간다기보다는 이끌린다.

악마　　당신은.

천사　　(악마와 동시에) 당신은.

악마　　당신은.

천사　　(악마와 동시에) 당신은.

악마　　당신은.

천사　　(악마와 동시에) 당신은.

악마　　누구.

천사　　그러는 당신은 누구.

악마　　당신은 내가 찾아 헤매던 그분.

천사　　당신은 내가 고대하던 그분.

악마　　맞죠.

천사　　(악마와 동시에) 맞죠.

악마　　아닌가.

천사   (악마와 동시에) 아닌가.

악마   혹, 우리 구면 아닌가요.

천사   우리 어디서 만났었지요.

악마   낯이 아주 익은데.

천사   전혀 낯설지 않은데.

악마   어디서 봤을까.

천사   언제 봤지.

악마   저 모르세요.

천사   모른다고 하기엔.

악마   그렇죠. 저 아시죠.

천사   안다고 하기도. 저는요. 저 모르시겠어요.

악마   모른다고 하기엔.

천사   그렇죠. 아시죠.

악마   글쎄 그게, 안다고 하기엔. 그렇다고 모른다고 하기도.

천사   그거 참 이상하네.

악마   그거 참 이상하지.

천사   이렇게 낯익은 거로 봐서는 분명 아는 사이인데.

악마   분명 초면은 아닌데.

천사   어디서 봤더라.

악마   누구시더라.

천사   누구세요.

악마   (천사와 동시에) 누구세요.

11. 혹시, 당신

천사와 악마, 외로움이 그들의 현실이며 존재에 대한 고뇌가 그들의 일상이다. 과연 풀 수 있는, 풀릴만한 문제일런가. 그런데 그들, 무언가 포착한 듯하다.

불현듯 객석 은은히 밝아지며 관객들의 정체 드러난다. 한참 관객들을 주시하는 천사와 악마.

악마 혹시 당신인가요.

천사 혹, 당신이 내가 찾는 그분.

악마 혹, 당신이 내가 고대하던 그분.

천사 우리가 찾던 그분.

악마 (천사와 동시에) 우리가 찾던 그분.

천사 안녕하세요.

악마 안녕하세요.

천사 저는 누구인가요.

악마 저는 뭐죠.

천사 우리 그냥 사랑하게 해주세요.

악마 우리 그냥 미워하게 해주세요.

천사 왜 안 되는 거죠.

악마 왜 불가능한 거죠.

천사 야속해라.

악마	원망스러워라.
천사	우리 관계를 방해하는 이유가 뭐죠.
악마	우리 사랑을 방해하는 이유가 뭔가요.
천사	심술인가요.
악마	질투인가요.
천사	차라리 저를.
악마	지워주시던가요.
천사	죽여주시던가요.
악마	배려심도 없이.
천사	자비심도 없이.
악마	나를 가지고 노는.
천사	나를 희롱하는.
악마	당신은 누구신가요.
천사	당신은 누구신가요.
악마	누구세요, 당신은.
천사	(악마와 동시에) 누구세요, 당신은.

천사와 악마의 의문의 시선이 깊어질 때, 서서히 막 내린다.

– 막 –

역사는 누구인가 | 이상범 2인극 선집

초판 1쇄 인쇄일   2024년 11월 1일
초판 1쇄 발행일   2024년 11월 11일

지 은 이   이상범
만 든 이   이정옥
만 든 곳   평민사
　　　　　서울시 은평구 수색로 340 〈202호〉
　　　　　전화 : 02) 375-8571   팩스 : 02) 375-8573
　　　　　http://blog.naver.com/pyung1976
　　　　　이메일   pyung1976@naver.com
등록번호   25100-2015-000102호
　ISBN   978-89-7115-867-8   03800
정　　가   13,000원